— 書き下ろし長編官能小説 —

熟れ肉のとりこ生活

北條拓人

竹書房ラブロマン文庫

目次

この作品は、竹書房ラブロマン文庫のために
書き下ろされたものです。

序章

「ねえ彰《あきら》くん。私、キミの境遇には、とっても同情しているのよ。少しずつでも家賃を入れてくれるのはありがたいけど……」

その日、結城梨々花《ゆうきりりか》が突如として三上彰《みかみあきら》の部屋を訪れ、「ちょっと、いいかしら？」と上がり込んできて、彰はさすがに面食らった。いくら大家とは言え、これまでに梨々花が部屋に上がるなんてことは一度もなかったからだ。

ただでさえ彼女の前では早鐘《はやがね》を打つ心臓が、口から飛び出しそうなほどバクバク言っている。

淑《しと》やかで清楚な印象の梨々花は、小柄ながらも圧倒的な存在感の持ち主だ。学生である彰が住むアパートの大家であり、近隣の地主でもある未亡人だ。

同じ敷地に住んでいることもあり、よく顔を合わせている彼女のことを、彰は、ここに越してきて以来、もう二年以上もずっと意識している。

三十路《みそじ》の未亡人が纏《まと》う空気感は、無常の哀しみと憂いを秘めると共に、貞節を守る凛《りん》とした気負いにも似た細心さを含《ふく》み、一種凄絶なおんな振りだ。それでいて、その美貌《びぼう》もさることながらおんな盛りの肉体からは、隠そうにも隠し切れないほどの色気がダダ洩れになっている。

抜群にスタイルがいい上に、すこぶる付きに面倒見がよく、気立てもいいため、夫を亡くして五年も経っていることもあり、見合いの話が数多《あまた》届いているらしいと、アパートの住人たちの間でももっぱらの噂だった。

そんな彼女を間近にしては、ただでさえ年上好きの彰の性癖が刺激されるのも当然だ。けれど、さすがに二十一歳にもなり僅かながら女性経験もある彰だから、思春期の高校生のように、それだけで心臓を鼓動させるほど初心《うぶ》でもない。

今まさに梨々花が切り出そうとしている話の内容に、彰には痛いほど思い当たる節があるために動悸《どうき》が収まらないのだ。

（そうか、ついにここも出て行くことになるのか……。そうだよな。これ以上、梨々花さんに迷惑をかけるわけにはいかないものなあ……）

梨々花はいつになく緊張気味な表情で、『ありがたいけど……』と言ったきり、口を噤《つぐ》んでいる。本当はこのあと、「出て行って欲しい」と続けたいのだろうとの様子がありありと見て取れる。

　彰は現在、大きな借金を抱えてしまっていた。その返済に追われて家賃が満足に払えていないため、梨々花にそう言われても仕方ない状況なのだった。

　こうなった原因は、付き合っていた恋人が、彰を多額の借金の連帯保証人に仕立てた挙句、ドロンと行方をくらましてしまったことに始まる。

　半年ほど前のこと、彼女はサラ金から実に五百万という大金を借りて、そのまま逃げてしまった。友人たちの力を借り、ようやく恋人（もとよりそう思っていたのは、彰だけだったのだが）を探し当てられたのだが、「父親が病気で、その手術代にどうしても必要だったの」と彼女は言い訳し、さらに呆れたことに「カラダで前払いしてあるでしょう」と開き直ったのだった。

「一度きりじゃん！」

　口には出さなかったものの、そんな彰の心の声が聞こえたかのように、

「回数じゃないでしょ。私とHできるならいくらでも払うって男は大勢いるのよ！」

　そう主張する彼女を、彰はやむなく月一万円の返済で放免してしまった。

　後日、友人たちから典型的な詐欺だと指摘《してき》されても後の祭り。結局、彼女からの返済は滞るばかりで、彰はサラ金への返済を自分で続けている。親からのわずかな仕送

りとバイトで稼いだ金のほとんどが、毎月消えていた。

大家である梨々花には事情を説明してあるものの、だからといって家賃の滞納をいつまでも続けられるはずがない。

この数か月間、面倒見のいい未亡人は、家賃の支払いをうるさく取り立てることはなかったが、それもさすがに限界に来たらしい。

四月間近のこの季節ともなれば、「新しい入居者が決まった……」と、賃貸契約の継続を打ち切られても不思議はないのだ。

もっと安い家賃のアパートを探さなくてはならないと考えてはいたものの、何よりもこの未亡人の元を離れがたく、彼女の好意に甘える形でこれまで過ごしていたのだ。

「でもねえ、このままでは負債が膨《ふく》らむばかりで、どうにもならないでしょう？」

けれど、その色っぽい口元から漏《も》れ出したその先のセリフは、彰が覚悟したものとはかなり違っていた。行き場を失いそうな彰にとって、あり得ない幸運と救いをもたらすものであったのだ。

「私はね、キミを助けてあげたいのよ……。だから、そのためにはほら、その、なんていうのか、キミのお点前《てまえ》を披露《ひろう》して欲しいの……。そ、それは、つまり、事前審査みたいなものと受け取ってもらえれば……」

まるで恥じらう乙女のように顔を俯《うつむ》かせながら、時折、窺《うかが》うようにこちらに瞳を向けてくる梨々花。彼女が何を言っているのか、まるで判らない。にもかかわらず、彰の下腹部はドクンと脈打ち、急速に血液を溜めていた。

白百合のように上品で慎ましやかな印象の彼女が、いつも以上に艶《なま》めいたフェロモンを発散させているのを感じたからだ。

明らかに白い頬《ほお》が上気して、濃い桜色に染められている。

「お点前ですか？　あの、それって……？」

まるで童貞の頃のように、落ち着かない気分にさせられてしまうのは、梨々花の服装にも起因している。

普段見かける彼女は、どちらかといえばラフで慎ましやかな服装が多い。たとえば、白いブラウスに薄手のカーディガンを羽織り、ジーンズ姿でいることが多く、たまにスカートを穿《は》いていても裾《すそ》の長いものばかりだ。しかも、その上には、エプロンを着けていたりするから、ほとんど女体のラインを知ることなど不可能に近い。

けれど、今日の梨々花は、ぴったりとした桜色のオフショルダーのニットを身に着け、その女性らしいボディラインを惜しげもなく晒《さら》している。さらには、下半身を覆《おお》うスカートもいつになく大胆なミニ丈《たけ》で、ストッキングに覆われたすんなりと伸びた生唾《なまつば》ものの美脚を覗《のぞ》かせている。

（ああ、やっぱり梨々花さんは、ナイスバディだ……）

実は、彰は未亡人が男好きのする肉体の持ち主であることを知っていた。

それは梨々花のことを決定的に意識するようになったある夜の偶然の出来事。

友人と飲んで帰った彰は、ふと未亡人の部屋の窓から明かりが漏れていることに気がついた。

きちんとカーテンが締め切られていなかったのだ。覗き見するつもりなどなかったが、何気に視線がその隙間《すきま》に吸い込まれた。

タイミングよく梨々花が部屋に入ってくるのが見えた。そこは彼女の寝室であったらしい。しかも、カーテンの状態に気づかないまま彼女は、部屋着から寝巻に着替えはじめたのだ。

いつもの彰であれば、その場を立ち去るなりの正常な判断もできたであろうが、酒が入っていたこともあり、思わずその生着替えを覗き見してしまった。否《いな》、魅入られたというべきか。

未亡人は裸にこそならなかったものの、大きなカップに包まれた豊かな胸元や悩ましくも艶やかな太ももが惜しげもなく晒されていくのだから、その場にくぎ付けにならない方がおかしい。

罪悪感を抱きながらもその肢体をしっかりと脳裏に焼き付け、その白い絹肌を思い浮かべては、自慰に耽《ふけ》ったものだ。

むろん覗きは、その一度だけだったが、以来彰は、梨々花をおんなとして意識するようになり、密かにずりネタにもしてきた。

彼女に申し訳ない想いも、自分を最低と蔑《さげす》む想いも抱いてきたが、それほどまでに梨々花の肢体が魅力に溢《あふ》れていたのだ。

「ああ、キミのそのエッチな視線、合格よ。まだまだ私にもおんなの魅力が残されているのだと思わせてくれるのだもの……」

自然と梨々花の胸元に吸い寄せられてしまう視線を彼女も敏感に察していたらしい。艶やかな頬をさらに赤く上気させ、くしゃくしゃっと美貌を微笑ませた。

そんなコケティッシュな梨々花の貌《かお》を見たのは初めてだ。その凄まじい色っぽさに、背筋にビビビッと電流が走った。

「キミにお点前を披露してもらうには、私も準備が必要ね……」

そう言いながら梨々花は、自らの上半身の前で両腕を交差させニットの裾を握りしめるや、おもむろに上にまくり上げていく。

「えっ？　あっ、あの、梨々花さん？」

引き締まった腹部が露《あら》わとなったかと思うと、あっという間に深紅の下着が現れた。白い絹肌と赤い下着の取り合わせが、これほどまでにエロティックなものなのだと思い知らされ目の前がクラクラした。

辛うじてブラカップに収められたたわわなふくらみは、彰など容易《たやす》く悩殺してしまうほどの強烈な破壊力を秘めている。

（ああっ、梨々花さん、なんてエロいカラダつきなんだ……）

彼女が微《かす》かに身じろぎするばかりでも、メロンやスイカを連想させる双《ふた》つの肉房は悩ましく揺れている。

以前覗き見た以上に、出るところは出ていて、締まるところは締まっている印象だ。しかも、女体には熟《う》れたおんな特有の脂《あぶら》がしっかりと乗っているのだ。

「あ……ああ……」

緊張と劣情が頭の中で交差して、まともに声を発せない。

あんぐりと口を開けたまま、あり得ない展開に呆然自失の彰を尻目に、梨々花はゆっくりとその場に立つと、腰のあたりに手を運びスカートの脇のファスナーも引き下げた。

心細げに腰部に取り残された最上部のホックも外すと、美熟未亡人は細腰を屈めてスカートを降ろしてしまう。そればかりではない。蜂腰にまとわりついた深紅のパンティもずり下げ、自らの背筋のホックも外してしまうのだ。

三十路半ばの熟女ながら、まだまだ若々しく確実に二十代でも通るであろう彼女が、見事な脱ぎっぷりで惜しげもなく素肌を晒していくその姿は、彰を圧倒すると同時にどこまでもそそらせる。

まして、その未亡人の全裸は、神々しいまでの美しさと官能美に溢れ、「美しい」の言葉が陳腐に思えるほどに素晴らしいのだ。

白い肌はどこまでも肌理《きめ》細かく、滑らかで、部屋の照明を艶やかに反射してハレーションが起きそうだ。細すぎず太すぎずの肉付きは、正しく男好きのするもので、どこまでも男の欲情を煽《あお》り立てている。

彰が呼吸することさえ忘れて、視線を釘付けにするのも当然だった。

「もう。いつまでそうしているつもり？　いくら年増《としま》の私でも恥ずかしいじゃない……。ほら、キミも脱いで……」

どうしてこんなことが起きているのか真っ白になった頭では到底理解できないが、狭いアパートの部屋で男女が裸になるのだから何が起きるかは彰にも見当が付く。

戸惑いはあるものの素直に彰も衣服を脱ぎ捨てた。

「ああ、やっぱり……。とっても立派な持ち物ね……。実は、キミが私のおっぱいに反応しておち×ちんを勃起《ぼっき》せていたことに気づいていたの。その時に、大きいとは察しがついていたけれど、こんなに逞《たくま》しいとは思わなかったわ」

ゆっくりとこちらに近づいてくる梨々花は、頬を赤らめながらもその悩殺的な女体を隠そうともしない。

溢れんばかりの乳肉が、容《かたち》も悩ましいティアドロップ型に張り詰め、わずかに彼女が身じろぎするだけでも柔らかそうにユッサ、ユッサと悩殺的に揺れる。

普段から相当に気を遣っているらしく、肌にはシミ一つなく、ほんのりと色づいた桜色の乳首はツンと上を向いて、彰の視線を真っ正面から受け止めている。

むろん、凝視しているのはそこばかりではない。熟女の腹部や腰部、脚部はおろか下腹部までしっかりと目に焼き付けている。

「あぁん。そんなにまじまじと見られたら恥ずかしいわ……。キミと同じ年代の若い女の子たちと違って、もうすぐ盛りを過ぎるカラダなのよ」

その自虐気味のセリフの裏側には、咲き誇る肉体が、今こそその美しさのピークにあるとの自覚が隠されている。自信があるからこそ、臆《おく》することなく若牡《わかおす》の前に晒しているのだろう。

「でも、そんながっつくような視線に焼かれるのも久しぶりだから、なんだか嬉しい！」

至近距離にまで近づいた梨々花は、おもむろに彰に傅《かしず》くように跪《ひざまず》くとイチモツを品定めするように手を伸ばした。

未亡人の左手薬指には、未だプラチナの結婚指輪が光っていた。

「ああっ」

彰がうめくと、外気にさらされた肉茎の先で、半ばまで包皮で隠された紅玉の小穴からぷりっと透明な汁《つゆ》があふれた。

「ああん。すごいわ。熱気が伝わってくる」

ただでさえ意識していた未亡人大家の目の前に勃起を晒している気恥ずかしさも興奮を加速させている。

「えっ？　あっ！　おあぁっ!!」

梨々花の手の冷んやりとした感触が、熱い血潮漲《みなぎ》る肉塊に心地よくまとわりつく。

「うれしいわ。おち×ちんをこんなにさせているのは、こんなおばさんの裸に興奮してくれた証拠よね？」

「り、梨々花さんは、おばさんなんかじゃありません。確かに僕よりも年上だけど、物凄く綺麗《きれい》で、若々しくて、それに……うおっ！　ヤバいくらいエロいです！」

全く余裕のない彰だけに、その言葉は飾りのない本音の塊だ。けれど、かえって、それが梨々花には嬉しかったらしい。

「まあ！　うふふ……。やっぱりキミは、私が思い描いていた通りの……。いいえ、もしかしたら、それ以上の男の子かも。さあ、私にそのことを証明してみせて」

そう言いながら梨々花が、掌《てのひら》に握りしめていた屹立《きつりつ》を躊躇《ちゆうちよ》なくしごきはじめる。

「ああっ、梨々花さん、ダメです！　そんなことされたら僕！」

剛直から生じる心地よさに、たまらず顔が弛緩《しかん》する。いきり立つ肉幹がミリミリッと音を立てさらに勃《ふく》らむのを、梨々花は驚きの表情を浮かべて仰《あお》ぎ見ている。

紅潮した美貌が艶々《つやつや》として、ひどく色っぽい。

あれほど慎ましやかに見えた未亡人が、これほどまでに妖艶《ようえん》に変貌するのかと、彰は信じられない思いがした。

「ウソでしょう。こんなに大きく膨らむなんて。それにとっても熱いわ……。でも、このおち×ちんなら……。ねえ、これだけ大きくなれば十分でしょう？　私にキミのお点前を見せてちょうだい！」

妖しく目を細めた梨々花が、その場に仰向《あおむ》けになり両手を広げた。同時に、立て膝した両脚も大きくM字に開かれていく。彰に挿入をねだっているのだ。

「い、いいのですか？　梨々花さん。ゴムも何もありませんよ？　生で挿入《い》れさせてもらえるのですか？」

「ああん。いいから、早くぅ……」と甘えるように急《せ》かす未亡人。その凄まじい魅力には抗《あらが》いようもない。彰はフラフラとそのゴージャスな女体に引き寄せられた。

「溜まっているお家賃の一部をキミの精子で払ってくれれば……。ごめんね。浅ましい大家で。でも、もう堪《たま》らないの……」

梨々花が空閨《くうけい》をかこって五年が経つと聞いている。その間ずっと、ムンと牝《めす》が匂い立つほど熟れ切ったおんな盛りの女体を持て余していたのかもしれない。

見た目にスレンダーな印象を与えるシルエットは、ムダな脂をすっきりと落としていながらも、その実、どこもかしこもド派手なメリハリに実らせているのだから、何かの切っ掛けで肉体を目覚めさせても不思議はない。

梨々花に何があったのかは判らないが、突然にこうして彰に迫るのは、恐らくそういうことなのだろう。

むろん、彰に嫌も応もない。否、むしろ、こちらから土下座してお願いしたい相手なのだ。

昨今では、恋心を告白するのもままならない世の中になっている。たとえ眼中にない相手を断るにも嫌な想いをするし、ムダなエネルギーも消費する。だから不用意に想いを告げると、セクハラだと言われてしまうのだ。

世の男たちが、草食系になるのも仕方がない。

だから、未亡人にどんなに思いを寄せていようとも彰から口にすることはなかっただろう。けれど、やるせない思いを抱えていたことは事実であり、まさかその相手から積極的に誘われる日が訪れようとは。

半ばキツネにつままれるような思いで、彰は梨々花の女体にのしかかり、太腿《ふともも》の間に腰を滑らせた。

「挿入《い》れて……いいですか？」

事ここに及んで、聞いてしまうのは、やはり実感が湧かないからだ。

そんな煮え切らない若牡にも、未亡人大家は、やさしく微笑《ほほえ》んで促《うなが》してくれた。

「あぁ、早く。キミが欲しいの……。早く、挿入《い》れて」

「り、梨々花さん！」

己《おのれ》の股間で、肉竿が隆々とそそり立っている。先ほどより鋭角に、今にも破裂してしまいそうなほど真っ赤に染まっている。

「あぁっ……また大きくなっている。キミのおち×ちんは、おんな泣かせね。特に私のような未亡人には毒だわ。こんなに大きなおち×ちんが挿入《はい》ってくると思うだけで子宮が熱くなってしまうのだもの……。ほら、焦《じ》らさずに来て！」

「僕、もう我慢できません」

「我慢なんてしなくていいわ」

梨々花がさらに両脚を大きく開き、彰を迎える体勢をとった。

若牡は右手でペニスを握り、切っ先を未亡人の女裂に押しつけた。男肉の灼熱で、秘所を割り溶かし、じゅんと沁み込ませるようなはじまりだった。

「おおぅっ」

「はあぅぅっ！」

牡牝の官能の嬌声が重なり合う。彰は右手に握った肉棒をぐっと淫裂《いんれつ》に押しつけた。膣口の粘膜に軽い抵抗を感じるものの、ゆっくりと自重をかけていく。

淫裂は十分に愛液を溜め込んでいて、抵抗なく肉竿を受け入れてくれる。ぶちゅんっと淫猥な音がして、丸くて硬い切っ先が、ヌルンと女陰内部に滑り込んだ。

「あぁぁんっ！」

背筋を弓なりに反《そ》らせた未亡人が、両脚で彰の腰を挟み込む。そそり勃《た》った男根が、一気に根元まで女陰に呑みこまれる。彰が腰を押し進めているというよりも、梨々花にグビグビと呑み込まれていく印象なのだ。

「あぁ、太いおち×ちんがどんどん入ってくるわ」

敏感な粘膜に蜜壺のぬくもりが沁みこんできた。

肉幹の半ばまで埋まっただけで、彰の全身は燃えあがったように熱くなった。梨々花の胎内は温かくぬるぬるとしていてゆっくり蠢《うごめ》きながら、彰の肉棒に吸いついてくる。たまらない感触だった。腰から下が溶けてしまうと、本気で感じた。

それでも彰はなおも腰を突きだし、隆々とそそり勃った肉棒を蜜壺に埋めていく。

狂おしいまでに全て挿入したくて仕方がない。

ぶちゅぶちゅるるっといやらしい音がたち、分身が未亡人の体内に残らず埋没していく。肉柱全体がぬめった媚肉《びにく》に包まれると、彰はたまらず叫んでいた。

「あああああっ！」

いきり勃った牡竿を挿入しただけだ。しかし、その快感は、彰の理性を粉みじんに吹き飛ばしてしまうほど強烈なものだった。

「おううっ。ぐふぅっ……」

絶えず彰の唇からは、苦悶の声が漏れ出す始末。すぐにでも達してしまいそうな危うい気色よさなのだ。

しかし、ここで達してしまうわけにはいかない。「お点前を披露して」と、請《こ》われていて、何もできないますぐに果ててしまうのは、あまりにも情けなさ過ぎる。

せっかく宝くじの一等を当てるよりも幸運と思えるほどの美熟女と関係を持つことができたのだから、せめてもう少し彼女の媚肉を味わいたい。梨々花というおんなを、もっともっと貪《むさぼ》りたい。

その思いだけが辛うじて彰を留まらせている。

幸いなことに彰同様、梨々花にも豊潤《ほうじゅん》な快感が押し寄せているようで、その表情をうっすらと汗を浮かべた扇情的なものに変えている。

「これ……すごいぃ……っ！　何なのこれっ……気持ちよすぎちゃうわ」

事実、彰の逞しい肉棒に、梨々花は心身を震わせている。どうやら彰との結合は、未亡人にとっても想像をはるかに超える衝撃であったらしい。

今更に梨々花は彰の逸物の異質さを女陰で感じ取ったと見える。

男性器の多くは、左右のどちらかに曲がっているものだが、彰の場合、形状がほぼストレートなのだ。しかも中に芯がしっかりと通っているような硬さで、いくら突き動かしてもブレがない。すなわち、文字通りおんなを貫《つらぬ》く肉槍なのだ。

「あぁ、彰くんが、これほどの逸物《いちもつ》の持ち主だなんて……。想定外過ぎちゃう。こんなに奥まで届くなんて……うそっ！　まだ、入ってくるの？」

彰自身、凄まじい昂《たか》ぶりに、いつも以上に分身が肥大して、長さを増している自覚がある。さらには未亡人が下から蜜腰を突き上げてくるから、肉路の突き当たりを奥へ奥へと拡張し、亀頭部がさらに深くまで埋め込まれる。

子宮の真下をかいくぐった肉傘が、膣奥の袋小路に陣取った。正直、彰の剛直を付け根まで受け入れたおんなは梨々花がはじめてだ。

「ううっ……。な、中がものすごく圧迫されて……ああん、奥までパンパンにされてるぅ……っ！」

女陰の全てを彰の分身はみっしりと満たしているのだから、たとえ十三歳年上の熟女であろうとも経験したことのない充溢感《じゆういつかん》なのだろう。

重苦しいまでの切なさに、梨々花は口唇をパクパクさせている。だが、その苦しさの中には、確かな快楽が混ざっているはずであることを彰は本能的に察知している。その官能が刻一刻と肥大して、梨々花の白い肌に甘い汗を滲《にじ》ませていることも。

「ううぅ……梨々花さんの膣中、めちゃくちゃ気持ちいいです……っ！」

嬉々として彰が叫ぶと、未亡人の美貌が、ぱぁっと明るく色づく。

「ああ。キミが、私のアソコで感じてくれるの、とっても幸せぇ……っ！」

年下の青年が自らの媚膜に悶え、誉めそやしてくれることに、おんなの矜持《きょうじ》を満たされ、それが牝悦《めすえつ》へと直結するのだろう。

「ああっ、彰くん……彰くぅんっ」

いつもは「キミ」としか呼んでくれない彰の名を連呼しながら蜂腰を揺らしてくる。

無意識の牝の痴態なのだろうが、瞬間、自身に強烈な喜悦が走り抜けたようで、ふしだらな喘《あえ》ぎを聞かせてくれた。

「あはぁ。ねえ、どうしよう。こんなに気持ちいいなんて。はぁぁ……お、おかしいの。私、こんなに敏感になってる……。彰くんのおち×ちんが凄すぎて、挿入《い》れられただけで、あぁんんっ！　ダメなのっ、私、感じちゃうの」

淫《みだ》らな呻《うめ》きをあげて蜜腰をゆらゆらと揺らす梨々花。ぴっちりと結合した肉棒に、やわらかい肉壁が擦《こす》れ、彰の意識と脳髄を痺《しび》れさせる。

「私、本当に久しぶりで……あぁぁ……こんなはずじゃあ……。き、気持ちよすぎてじっとしていられない……っ」

淫靡《いんび》な告白を証明するように、白い女体は小刻みに戦慄《わなな》いて、豊かな乳房をふるふると波打たせる。

蜜壺から与えられる快楽と、甘い未亡人の吐息と声、そして悦楽に震える姿、それらが一体になって彰を責め立てる。

(ああ、嘘だろう。あの淑《しと》やかだった梨々花さんが、僕のち×ぽで感じている。なんて、いやらしく乱れるんだ……！)

彰はただ梨々花のウエストのあたりに手をあてがい、牡牝が直角に繋《つな》がり合った秘所を見つめるばかり。

「あ、あぁ。こ、これって……」

彰は目を見開いて、声を詰まらせる。梨々花は閉じていた瞼《まぶた》を薄《う》っすらとほころばせて、こちらの表情をうっとりと見つめ返してくる。

「そうよ。これは夢よ。目を閉じていないと、醒《さ》めてしまうわよ……」

未亡人の手が伸びてきて、彰の顔の輪郭を白魚のような指で撫でてくれる。それだけで背筋が震えるほどの快感が押し寄せる。慌てて彰が目を閉じると、さらに蜂腰がふしだらにそよぐ。

小刻みな蜜腰の蠢きに、しゃくれた男のエラが未亡人の子宮頸管を掻《か》き回す。

「あっ、ああん。いいの……。奥が気持ちいい……っ。私、淫らね。本当にこんなはずじゃなかったの……見境なく、こんなに感じてしまうなんて……。ああでも、堪らないの……。お願い、彰くんも動かしてぇ」

別の生き物のように細腰の動きを滑らかにしながら、卑猥《ひわい》に梨々花が懇願する。

そう言われて無視することなどできるはずもない。彰は、奥歯を喰いしばり、奥まで沈めていた肉茎をゆっくりと引き抜いた。

一呼吸置いてから腰の角度を変えて、再び膣洞の中に沈ませていく。

「あっ、あぁん、彰くん、いいっ！」

ゆったりと出し入れを繰り返すつもりが、あまりの具合のよさに我を忘れ速度を増していく。

「ああ、すごい、吸いついてきて……ううっ！」

込み上げる興奮と喜悦に、たまらず彰は、重そうに揺れる乳房に手を伸ばした。汗に濡れる肉房をぐにぐにと乱暴に揉《も》みしだいてから、体を折り曲げ張り詰めた乳首に吸いついた。

「あっ、あっ、あぁっ、あんっ、おっぱい吸っちゃ、ああっ……！」

押し出されるように、未亡人の喉《のど》から甘い喘ぎが迸《ほとばし》る。彰の抽送《ちゅうそう》に合わせ、なおも艶腰が下からズンズンと突き上げてくる。

「ああっ、子宮の奥、ズンズン叩かれてるっ、はあぁ、あっ……おっ、おぉぉ……っ！」

美熟未亡人の嗚咽《おえつ》が上ずっては、低く裏返る。それでもなお彰が腰を躍動させるため か、梨々花が両脚を跳ねあげた。

彰の背後でがっしりと足首を交差させ、動きを制限してくる。

「ま、待って……こんな深いところで激しく動かれたら、おかしくなっちゃう」

彰の首筋にも細い腕が巻き付いて、むしゃぶりついてくる。細身《ほそみ》であってもその肉付きはよく、マシュマロのようなやわらかさが彰に抱きついている。

梨々花の甘い女薫に鼻先をくすぐられ、彰はさらに堪らない気持ちにさせられた。

「おかしくなってください。僕は梨々花さんの淫らな姿、見たいです。イキ貌《がお》も見てみたい！　梨々花さんだって本当は、イキたいのでしょう？」

愛らしい耳元に甘く囁くと、首筋の腕の力が弱まった。交差させた美脚も緩《ゆる》み、律動の抑止《よくし》が緩められる。それを良いことに、彰は肉棒の抜き挿しを再開させる。

しかも、今度は、遠慮会釈《えしやく》のないストレートの打ち込みを繰り出していく。

「あ、ぅあっ……！　お、奥に当たって……ううっ！」

亀頭の先に、柔らかい行き止まりを感じた。最奥を抉《えぐ》る感覚に梨々花も彰も首を仰け反らせる。

熱い蜜液が彰の分身に絡《から》みつく。同時に、媚壷がきゅっと締まって、甘やかな刺激を生み出してきた。

「あ、あぁ……梨々花さんのおま×こ……すごいっ……！」

彰が喜悦の声を漏らすと、梨々花も淫らな喘ぎ声をあげて、よがり乱れる。

「あっ、あっ、ああっ……。彰くんのおち×ちんが……熱くて、固くて……ああああぁぁぁぁぁ……はああぁぁんっ!!」

未亡人が朱唇をOの字に捲《まく》りあげたまま、扇情的に女体を身悶えさせている。肉エラを引っ掛けるようにしてクックッと彰が手繰《たぐ》った子宮から、重厚な喜悦が下腹に響くのだろう。

「ああん、そ、それダメぇっ……。響いちゃうのぉおっ！」

蜂腰から首筋へ、さらには乳腺にまで快喜が走るのだろう。大らかに揺らぐ豊乳が、薄紅の突端を芽吹かせている。

「ダメぇ、ああ、ダメぇっ。イッ、イッちゃうぅ……。梨々花、イクぅぅっ！」

押し寄せる絶頂に身も世もなく浸《ひた》っている媚熟未亡人。うっとりするほどいやらしく淫らなイキ貌を眺めている彰にも、むろん相応の悦楽が押し寄せている。

いくら欲求不満を抱えていた未亡人とはいえ、美しくも官能的な梨々花を自らの肉塊で絶頂させることができたのだから、あり得ないほどの興奮に包まれている。

彰は蜜壺の入り口から最深部まで、なおも肉棒を忙《せわ》しなく往復させ、絡みつく柔襞《やわひだ》の感触をじっくりと味わった。

「あっ、ああっ……またっ、イクっ！　もう、イッてるのに……気持ちいいのが止まらなくて……。あっ、あっ、またっ……イクっ、イッちゃうぅぅ……」

繰り返す律動に翻弄《ほんろう》された未亡人が、立て続けに二度目三度目の絶頂を迎えている。その嬌態をうっとりと脳裏に刻みながら、彰は自らの終焉に向かい抜き挿しの勢いをさらに一段激しくさせた。

「うおおっ……梨々花さん。最高です！　興奮しちゃいますよ。梨々花さんとセックスできた上に、そのイキ貌《がお》まで拝めたなんて……あっ、ああっ……やっぱりこれは夢なのでしょうか……！」

たまらず彰が興奮を口にすると、梨々花も淫情を爆発させた。

「あはあぁぁぁ……ああっ……。お願いよ、彰くん……もう、どうなってもいいからぁ……。もっと激しく私を……梨々花を犯してぇ……」

促されて彰は腰遣いを激しくさせる。じゅぶじゅぶと粘液をかき混ぜるような音が、狭い部屋いっぱいに響き渡る。

子宮口を力強く突き上げた瞬間、ついに彰は縛《いまし》めを解放した。

「もう、イクから……。このまま、梨々花さんのおま×こに……射精《だ》しますから……。ぐおっ、おおっ！　おおおおぉぉぉぉぉぉ……!!」

叫ぶとほぼ同時に下腹部で熱い爆発が訪れた。

どぷっ、びゅるるるうっ。鈴口がぷっくらと開き、快楽の初弾《しょだん》が飛び出した。

呼応するように梨々花の淫膜がきゅうと締めつけてくる。媚熟未亡人の全身が総毛立った。

「梨々花も、彰くんと一緒に……。あっ、ああっ……またっ、イッちゃう……大きいのが、来るのぉ……あっ、ああっ!!　あああぁぁぁぁぁ……」

ぎゅんとヒップを持ち上げて美しい弧を描く梨々花。射精する肉棒に力いっぱい子宮口を押し付けて愉悦を極めている。

視界も思考も真っ白にさせているらしく、整った美貌が淫らに歪《ゆが》み快楽に染まっている。

「あぁん、すごいっ……。セックスでこんなに感じたこと一度もなかった……。ああっ、イクの終わらないぃ～～っ！」

彰も梨々花と同じことを感じていた。快感のレベルがこれまで経験してきたセックスとはまるで違う。

下腹に溜まった欲情を内側から押し出されたような射精感は、夢精の気持ちよさに似ている。それ故に、射精は一度では終わらず、激しい痙攣《けいれん》発作を繰り返してはどぷっ、どくどくうっと、白濁《はくだく》した雄液を次々に放出させている。

「ううっ、ま、まだ……射精《で》るのねっ……。おほぉ、梨々花の子宮が熱いお汁で一杯にされているわっ!!」

優しく秀《ひい》でた額から、すっと通った鼻筋、小ぶりでコケティッシュな印象の鼻翼、清楚でありながら官能味たっぷりの唇までが、絶頂に弛緩《しかん》して淫ら極まりない表情を作り出している。

「く……あああっ、梨々花さん……」

好きです、と伝えるよりも前に、精液をたっぷりと浴びせてしまった。

「あぁ……膣中《なか》に射精《だ》されるのってこんなにしあわせだったかしら……。うふふ。嬉しい。私のために、こんなにたくさん射精《だ》してくれたのね」

美しい未亡人の女体は何度もびくびく震え、悦楽の感想を伝えようとするかのように、なおも肉棒をきつく締め付けてくる。

うっとりと蕩《とろ》け墜《お》ちた表情は、ひどく淫らでありながらも、女神のように清らかで美しかった。

第一章　女社長へのシェア営業

1

朧《おぼろ》に霞《かす》む月の明りと微かな桜の花の香りが窓から趣《おもむき》深く差し込んでいる。

梨々花の家とアパートの丁度、中間のあたりにある大きな桜の木が、今が盛りとばかりに満開に咲き誇っているのだ。

まさしく春宵《しゅんしょう》一刻《いっこく》値千金《あたいせんきん》。

もっとも彰にとっての値千金は、そんな趣深い春の一時の事ではなく、今まさに媚熟未亡人と対面座位で交わっているこの瞬間に他ならない。

「あっ、あぁん、彰くんの意地悪ぅ……。そんなふうに焦らしたりするなんて……。短期間のうちにこんなに上手になるなんて……あぁん、梨々花、堪らないわぁ……っ！」

もどかしげに艶尻をくねらせては、自らの啼《な》き処《どころ》に彰の肉棒を擦り付ける梨々花。どんなにふしだらな嬌態を晒しても、未亡人は美しく、しかもどんどん可愛らしさも増している。

（梨々花さんエロっ！　まるで妖艶な桜の精を抱いているみたいだ……！）

艶汗にまみれた白い蜜肌は薄紅に紅潮して、夜露に濡れる桜の花のよう。膚下《はだ》から滲むフェロモン臭までが、甘い桜の香りに錯覚される。

堪らずに彰も腰を軽く持ち上げるようにして下から突き上げると、「あううぅっ」と甲高《かんだか》く呻いて白い喉元を利々花は晒すのだ。

梨々花と結ばれてからこの一週間、ほぼ毎日のように未亡人を抱いている。

はじめての時、梨々花は彰を助けるために「お点前を披露して欲しい」と言った。憧れの未亡人とセックスすることと、自分を窮地から救ってくれることが、どう繋がるのかよく判らなかったが、とにもかくにも梨々花に満足を与えることには成功したらしい。

「今夜からレッスンをはじめるから私の部屋に来てくれる？」

それが彰が〝お点前を披露した〟後に出した梨々花の答えだった。

何らかのテストにパスしたらしいと安堵したものの、どうやらそれは合格点ギリギリであったらしい。さもなくば、レッスンなどとは言うまい。

勘《かん》のいい彰だから、そのレッスンが、どういう類《たぐい》のものであるかは察しがついた。

案の定、梨々花は、当たり前のように彰を自らの寝室に迎え入れるのだった。

「彰くんのおち×ちんが、おんな泣かせであることはよく判ったわ。思わず夢中になってしまうくらいとっても硬くて大きくて、凄く気持ちがよかったから。でもね、それだけでは必ずしもおんなを満足させられないと思うの」

そう言ってから未亡人は、頬を真っ赤に染めた。

「うふふ。あれだけしっかり乱れて、何度もイッてしまった私では説得力がないけれど……。でも、あの時は久しぶり過ぎてカラダが敏感になっていたからで……。う〜ん。やっぱり言い訳しない。何度もイッてしまうほど、彰くんのおち×ちん、気持ちよかったから……」

恥ずかしそうに話しながらも梨々花がどんどん色っぽくなっていくのが堪らない。

「でも私のことはともかく、彰くんには、もっともっとおんなのことを学んで欲しいの……」

そう言われて彰にも思い当たる節があった。

彰の女性経験は、目の前の未亡人を含めても三人だけ。他の二人は、ひょんなことから十八の時に知り合った七つ年上の人妻が初体験の相手で、その次の彼女は、彰に借金を背負わせた例の女性だ。

初体験の相手は、一通り彰に手ほどきをしてくれたものの、おんなを学ぶほど逢瀬《おうせ》を重ねられた訳ではなかった。

次の彼女は言わずもがなで、一度だけの関係であり、正直、性的な満足を与えられたのかは、かなり危うい。

(きちんとセックスで満足を与えていたら、借金を背負わされることもなかったのかな……)

そもそもまともに付き合ったとさえ言えないような関係ばかりで、我ながら悄然《しょうぜん》としてしまう。そんな彰の頭を梨々花はやさしく抱き寄せてくれた。

「あん。そんなに萎《しお》れないで。大丈夫よ。おんなの愛し方を私が身をもって教えてあげるから……」

「でも、それじゃあ僕ばかりが美味《おい》しい目にあって、梨々花さんの割に合わないような気が……」

「うふふ。私はいいの。レッスン料を彰くんのカラダで払ってもらうようなものだもの……。キミのような年下の男の子に未亡人の寂《さび》しさを埋めてもらえるのだから、収支は合っていると思うわ」

　彰にしてみれば収支が合うどころではない。話がうますぎて、またさらに借金でも背負わされるのでは、と疑ってしまうほどだ。けれど、それでも構わないと思うくらい梨々花は魅力的だった。

「一通りのレッスンを終えたら改めてお話があるの……。彰くんにも悪い話ではないと思うのだけれど、でもそれは、またいずれ。さっそくだけど、すぐにでもレッスンをはじめたいから……」

　それを機に、梨々花の美麗な肉体を教材に、贅沢すぎるレッスンを手取り足取り受けた。

　むろん、未亡人を絶頂に導くことがレッスンであるだけに、必ず梨々花はイキ乱れることになる。

　初めのうちこそ「教えてあげるはずなのに、梨々花ばかり気持ちよくなってしまって恥ずかしい……！」と、羞恥《しゅうち》していた未亡人であったが、「素直に梨々花さんが気持ちいいところを明かしてくれた方が、勉強になります。どうすれば気持ちいいのかも教えてください」との彰の求めを免罪符に、最近では自ら進んで、積極的に肉棒に跨《また》がるようになっている。

互いの存在を確かめあえる対面座位が、特に梨々花の好む体位であり、官能的なマシュマロボディと密着できるこの体位を彰も気に入っている。

「梨々花さんは、おま×この上側と子宮の入口を擦りあげられるのが、大好きなのでしょう？　旦那さんも知らなかった梨々花さんが膣イキするポイントですよね？」

媚熟女のムッチリとした太もも裏に掌をあてがい、肉感的な割に軽い体重を持ち上げるようにして、浅瀬にあるＧスポットに切っ先を擦り付ける。

「ああん、主人のことは口にしないで……。梨々花だって貞淑な未亡人でいたいのよ……。でも、ダメなの。すっかり梨々花はふしだらなおんなになってしまったの……。彰くんに梨々花の敏感なところを擦ってほしくて仕方ないの」

最近の彰は必ず未亡人との情事に亡夫のことを持ち出している。意地悪や嫌味ではない。本気で梨々花のことを愛しはじめているからこそ、今は亡きご主人のことを忘れさせたいのだ。

「ほら、やっぱり！　梨々花さんのことを一番判っているのは僕でしょう？　梨々花さんの啼き処《どころ》を知り尽くしているのは、僕だけですよね？」

こんなにも美しくかつ、極上の媚肉の持ち主である妻を置いて亡くなったご主人は、さぞ無念であろう。そのご主人に代わり、自分が梨々花をしあわせにしたいと思いはじめている。

「おほぉっ！　あ、彰くんだけよ……。梨々花の膣中《なか》の性感帯まで熟知した殿方は……。あはぁ、んっ、あぁん……。ほ、他にいません……」

「でもそれって梨々花さんだけの場所ですよね。女性みんなに共通するわけではないのでしょう？　そこが不思議ですよね……」

女体の神秘を口にしながら彰は憑《つ》かれたように肉棒で突き上げる。

大学の講義に出席することも忘れ、大事なバイトさえも無断欠勤して、昨夜から、もう何度目の嵌入《かんにゅう》であろうか。すっかり岡惚《おかぼ》れしている梨々花に、彰の性欲はまるで止《や》もうとしない。

いくら射精しても雄々しく奮《ふる》い勃《た》たせては、本能のままに媚麗な肉体を求めている。抱けば抱くほど愛《いと》しさが募り、狂おしい性欲に苛《さいな》まれるのだ。

「あっ、あぁ……。梨々花の場合は、彰くんにすっかり知られてしまったけれど、おんなは恥ずかしがり屋さんが多いから……。でも……きちんと信頼関係を築けば、素直に教えてくれるものよ……」

当初、彰は、このレッスンを梨々花がおんなの悦《よろこ》びを得るための方便であると思っていた。にもかかわらず未亡人は、何度もイキ果てながらも丁寧に性の深淵を教えてくれている。彰としても、興味のないことではないだけに、熱心に教えを乞うていた。

「その信頼関係っていうのが難しいというか……。はじめのうちは、相手の反応をよく観察するしかないのでしょうね……。梨々花さんの時と同じように……」

対面座位で交わりあっていた梨々花をゆっくりと押し倒し、女体を横向きにさせ美脚の一本を抱きかかえる。さらに、もう一本の脚を跨いで、肉棒をゆったりと出し入れさせていく。

様々に体位を変えさせては、未亡人の羞恥まで掘り起こすのだ。

「あ、愛情を感じられると信頼も……。そのためには忍耐は必要だわ。相手のことを思えばこそ、我慢もできるでしょう？　あっ、んふぅ……。熱い想いを伝えるのも大切ね。結局、おんなは言葉に弱いものなの……うふうぅっ」

微に入り細を穿《うが》って梨々花は教えてくれる。けれど、そのほとんどは性のテクニックではなく、おんなが何を思っているのかといった女性心理が中心だった。それに対して、男がどう心掛けるべきなのかを説いているのだ。

「どこが感じるとかって、個人差や好みがあるから必ずしも重要ではないと思うの……あんっ！　じ、焦らされたいとか、大切に扱《あつか》われたいとか、荒々しくされたい時もあるから……。とにかく相手をよく観察して……あん、あぁん……な、何を相手が求めているかを読み解くこと……は、んんっ！」

彰は時に豊かな乳房を弄《もてあそ》びながら、時に愛らしい耳を舐《ねぶ》りながら、またある時は腰を捏《こ》ねて、しとどに濡れそぼつ媚肉をあやしながら梨々花の声に耳を澄ませる。

同時にテクニックの方は、スマホの怪しげなサイトでハウツーやノウハウの記事を読み漁り、時には都市伝説的な性戯などを見つけ出しては、未亡人の許しを得て試させてもらうのだ。

「はぁ、はぁ、はぁ、ま、待って彰くん。梨々花は、キミほど若くないのよ……。こんなに極めさせられてばかりでは、カラダが持たないわ……」

堪らずに音《ね》を上げる梨々花の美貌をうっとりと眺めながら、休むことなく彰は魅惑の女体の中で肉棒を律動をさせる。

「えー。若くないも何も梨々花さん、こんなに若々しいじゃないですか。お肌のハリだってこんなに……」

言いながら彰は、未亡人の豊かな乳房をねっとりと揉みしだいている。じっとりと汗に濡れたふくらみが、心地よく掌に吸い付いてくる。

「大体、こんなにエロいカラダをしている梨々花さんが悪いのです。いくら射精《だ》しても、またすぐに欲しくなる。いや、射精すればするほど欲求が増すのです」

「あっ、んんっ、ダメよ。もう何度もイッているのに。そんなにおま×こ掻きまわさないで……あはぁっ！」

性悦に蕩けた媚肉は未亡人の意に反し、蜜壷が甘やかに肉柱を絡め取る。すっかり彰の味を覚えイキやすくなっているかのごとき女体。ほとんど四肢の自由が利かないばかりか、あらゆる感覚が牝悦によって敏感になるらしく、三擦《みこす》り半もしないうちに容易《たやす》く次なる絶頂に導くことができる。

「あっ！　あんっ、あぁんっ……またイクっ！　イヤよ。こんなにふしだらに昇り詰める姿、見ないで……ああ、ダメ、ダメっ、来ちゃうの……大きいのが来ちゃう～っ！」

妖しいまでにビクビクンと昇り詰めては、女体を甘く蕩けさせている。

色熱が抜けきらぬうちに膣襞を蹂躙《じゅうりん》されるから、たった数度の抜き挿しでも脳裏にピンクの花火が飛ぶらしい。

「すごいです。梨々花さんがイケばイクほど、ま×こが蕩けて、葛湯《くずゆ》の中にでもち×ぽを漬け込んでいるみたいです」

「あんっ、また、そんな言い方……。梨々花を恥ずかしがらせたいのねっ」

羞恥も性感を高めるエッセンスの一つと教えてくれたのも、他ならぬ彼女自身だ。恥じらいに頬を染める未亡人の乳房をなおも鷲掴《わしづか》み、浅いポイントに擦りつける。

淫獣としてのスキルを上げた彰は、なおもゆったりと腰を揺さぶっていく。

「あっ、あっ、あぁんっ……。本当に梨々花、壊れてしまうわ……。ただでさえイクのが止まらないのに……」

「ダメですよ、もう一回。連続アクメ好きでしょ……？」

言いながら彰は、正常位へと体位を変えさせる。

「あっ、んんっ、ダメよ、イッたばかりのおま×こ掻きまわされたら、梨々花……んんっ！」

「梨々花さんとは、毎日でもセックスしたいです。このおま×こは、もう僕のち×ぽ専用ですよね？」

熱く吠えながらズンッズンッと重々しい腰の打ち振りに変化させると、未亡人が白い裸身をいかにもたまらないといった風情でのたうたせる。

「こうして何時間でも梨々花さんを犯したい。ずっとち×ぽを嵌《は》めたまま、この美しい肉体を味わっていたいです」

熱烈に彰が求愛するたび、それがうれしいとばかりに膣肉が勃起をキュウキュウと締め付けてくる。

「梨々花さんの魅力に僕はすっかり虜《とりこ》です……。梨々花さんのことを愛しています。

だから、どうか。慈悲をください。どうかずっと僕のおんなでいてください！」

欲情に燃えたぎる巨根で、しかも切ないまでの思いの丈《たけ》を載せているのだから熟れた媚肉が歓ばぬはずがない。それも梨々花が教えてくれたこと。

「あふん。慈悲だなんてそんな……。本当に梨々花でいいの？　彰くんより一回り以上年上なのよ……。でも、うれしい。彰くんが本気で望んでくれるなら梨々花はいつでも……あっ、あはぁ……す、好きなだけ……ひあっ、あぁんっ」

「本当ですね。これからも好きなだけ梨々花さんを犯しまくりますよ。このおっぱいを揉みながら……おま×こを僕のち×ぽで突きまくっていいのですね？」

彰は獣欲を剥《む》き出しにして、嗜虐《しぎゃく》的に乳房を鷲掴みにする。指の間からひり出した乳首が真っ赤に充血して膨れ上がるのを唇に捉え甘噛《あまが》みした。

「ひうっ！　お、おっぱいだけじゃないわ。この唇も、太ももも、髪のひと房まで全て彰くんのモノよ。いくらでも彰くんの欲望をぶつけて構わないわ」

未亡人が淫ら過ぎる約束を交わすのは、彼女が性悦に酔っているからであろうか。

（なんだってかまわない。あれほど慎ましく貞淑そうだった梨々花さんが、僕とのセックスに溺れてくれるのだから……）

それもこれも未亡人自身の淫らな手ほどきのお陰ながら、まぎれもなく梨々花は彰からもたらされる性悦に墜《お》ちているのだ。

凄まじいばかりの悦びと男としての矜持《きょうじ》に満たされ、彰はタガが外れたように猛然《もうぜん》と腰を繰り出した。

「あああ、あん、あん、あぁぁっ！　またイクっ。彰くんの大きなおち×ちんで梨々花、イッちゃうぅっ！」

未亡人から望まれるばかりではなく、本能の赴くままに彰は股座《またぐら》をぶつけていく。

雄々しい抽送を発情の坩堝《るつぼ》と化した女陰にずぶずぶと激しく抜き挿しさせる。

「あぁん、とっても素敵よ彰くん……。本当に素敵……。あはぁっ、ね、ねえ、もっと深くまできてっ。もっと奥を、梨々花の奥を激しく突いてぇ〜〜っ！」

切なげに啼き叫び、自らも蜂腰を振る未亡人。彼女が動くたび、敏感な粘膜に心地いい刺激が広がり、肉棒が熱くなる。

甘い快感に酔い痴れながら彰は、巨乳を双の掌で弄び、逸物にふさわしい屈強な腰使いで三十四歳の恍惚《こうこつ》を掘り起こしていく。

「ひうっ！　イキますっ！　梨々花イクっ！……ああん、あぁぁぁ〜〜っ！」

子宮口にずにゅりと鈴口をめり込まさんばかりの深突きに、未亡人は身も世もなく啼き狂い、牝イキした。

「ぐふぅ、僕も射精《イ》きます！　梨々花のおま×こに、イクぅ～っ！」

牡の支配欲を剥き出しにした彰は、年上の美熟女を呼び捨てにしながら胤汁《たねじる》を噴出させた。

彰の情婦となった悦びに膣肉が収斂《しゅうれん》を繰り返す。まるで牡肉にすがりつくかのように、肉襞をひしと絡め白濁液を搾《しぼ》り取ろうとするのだ。

男の情欲を全身で受け止めた未亡人は、美脚をぴんと突っ張らせて絶頂を極めたまま、彰の背中に繊細な爪を立てている。

艶脂の載った媚脚が彰の腰に絡みつく。より深いところで精液を浴びようと牝本能がそうさせたのだろう。そのお蔭で、縮んだ精嚢《せいのう》をべったりと股座に密着させ、根元まで逸物を呑み込ませて果てることができた。

「ぐふううっ。搾られる。梨々花のま×こに、ち×ぽが搾られる……あぁ、もっと搾って……僕の精子を全て搾り取って！」

種付けの本能に支配された彰が、熟れた未亡人に乞い求める。若牡のおねだりに従うより早く受胎本能に捉された牝が、肉幹を蠱惑《こわく》的に締め付けてくるのだった。

（今日はこれで何度目の射精だろう……？）

未亡人相手に絶倫が過ぎて、それさえも判らない。それでいて何度も吐精しているとは思えない濃さの白濁液が、ぱっくりと開いた鈴口から子宮へと吐き出される。

「あはぁ、おま×こ溢れてしまう……。彰くんの精子で子宮がいっぱいに……。あぁっ、熱いのでイク。梨々花、精子でイクのぉ～～っ！」

多量の樹液を流し込まれた未亡人は、その牡汁に溺れ、はしたなくもイキまくる。

極太の肉幹がみっちりと牝孔《あな》を塞《ふさ》いでいるから、溢れかえった精液に行き場はない。自然、膣内で逆流し、子宮を溺れさせるのだ。

それでも彰が肉勃起を退《ひ》かせようとしないから白濁液が愛液と混じり、白い泡を吹きながら蜜口からぶびっと下品な音と共に噴きだした。

濃厚な男女の情交に、ベッドシーツは乱れまくり、室内には牡牝の淫らな匂いが充満していた。

2

「あのっ、和香《わか》さんって、本当に三十代なのですか？　梨々花さんに、そう聞いていたから……。あっ、女性に年齢を聞くのはマナー違反ですよね。ごめんなさい」

その日、梨々花から紹介された速水《はやみ》和香を前にして、彰は緊張しまくっていた。ろくに会話が続かない焦《あせ》りもあって、つい聞いてはいけないことを聞いてしまう。

とは言え、それも無理からぬこと。彰の前に座る美女がアラサーとは到底思えないのだ。それでいて嫣然《えんぜん》と微笑を浮かべている姿には、紛《まぎ》れもなく大人の女性の余裕が漂《ただよ》っている。

「うーん。確かにマナー違反だし、初対面の女性に振っていい質問でもないかな。でも、それだけ若く見てもらえたってことだから、答えてあげると、私は三十二歳よ。梨々花先輩より二つ年下」

美貌と春の木漏れ日のような温かい笑顔が結びつき、その実年齢より十歳は若く見える。

梨々花の大学の後輩である和香が、待ち合わせのレストランに姿を現した途端《とたん》、彼女の周りだけが彰の視界で浮き上がったほどだ。

スマホに梨々花から写メを送信されていたから、すぐに彼女がその人であると知れた。正直、その写真を見た瞬間、和香の綺麗さに加工を疑ったほどだが、こうして実際に逢ってみると、さらにその美しさが際立《きわだ》っている。

「写メよりも本物の方が美人過ぎて驚いちゃった？」

恐らくは、冗談のつもりで和香はそう言ったのだろう。むろん、彼女が本気で言っているとしても、この美貌であればまるで嫌味にはならない。

「あの……。はい。写メで見た時から美人って思っていましたけど、実物の方が数段凄くて……」

しかも彼女は仕事帰りなのか、ありふれたモノトーンのビジネススーツに身を包んでいる。それでも、おんなとしての魅力をダダ洩れに溢れさせている。

抑《おさ》えるべくもなく彰の胸がドクンと脈打つのも仕方無いことだ。

(ウソだ！　絶対に何かの間違いだよ。こんなに美しい人が僕をシェアしてくれるかも知れないなんて……！)

その話を持ち掛けてきたのは、やはり梨々花だった。

彼女との甘やかなレッスンを繰り返して、彰が男としての自信とスキルを身に着けた頃のこと。

「実はね、彰くんのシェアを考えているの……」と、梨々花が提案してきたのだ。

どういうことかと詳しく聞いてみると、彰が梨々花のような暇と肉体を持て余した女性たちの相手をする、という話らしい。

「ホストとか女性用の風俗とかと違って、言葉通り私を含めた数人の女性が彰くんを独占してシェアするの。彰くんはメンバーたちの望みを叶える、というわけ」

そう梨々花は説明してくれた。

未亡人は美貌を赤らめていたので、「望みを……」というのはカラダの関係が前提ということだろう。

「見返りとして、メンバーみんなで彰くんの借金を肩代わりしてあげる。私一人では彰くんの借金を全て面倒見るのはムリだけど、数人でなら大丈夫かなって……」

関係を持つ前から未亡人は、彰を助けると口にしていたが、彼女の頭にははじめからその構想があったらしい。彰の想像を遥かに超える、ぶっ飛んだ発想だが、世の常識に捕らわれない梨々花らしい提案とも思える。

「話の性質上、女性たちはみんな彰くんよりも年上になると思うけど、それでもかまわないなら……。言うなればキミはメンバー制の熟女悦ばせ屋さんね」

〝熟女悦ばせ屋〟などと、あっけらかんと口にするあたり、梨々花の発想はとんでもない。

けれど、その発想の根幹は彰のためを想ってのものであり、しかも未亡人は、それを実現するために我が身を教材にしてまで彰を仕込んでくれたのだ。

自分よりも年上の女性たちをどこまで癒すことが可能なのか、いささか心もとないが、ほとんど後がない状態の彰には、最早選択肢などない。

「もちろん、私がメンバーの候補選びや、会う段取りなどをつけてあげる。けれどメンバーになって借金返済に協力してもらえるかどうかは、あくまでも彰くん次第だから頑張ってね」

何をどう頑張ればいいのかは疑問だが、彰は梨々花の提案を受け入れた。こうして紹介された相手が、目の前の速水和香というわけだった。

（にしても、ホント、すっげえ美人。梨々花さんで美人は見慣れたつもりだったけど、この人もヤバぁっ！）

おっとりタイプの世間知らずの貴婦人を地で行くような梨々花に対し、その後輩である和香はいかにも活発で行動的な印象だ。

既に学生時代に起業して女社長として働く和香は、業界でも有名なバリバリのやり手らしかったが、外見からもそれは頷《うなず》ける。

柔和な相貌は黒く煌《きら》めき、優しさが溢れた目尻に嫋《たお》やかな眉が平行に並ぶ。白皙《はくせき》の頬と僅かに紅が差されたふっくら唇とのコントラストの華やかさには、見ているだけで思わずホゥッとため息が出てしまうほど。

いかにも聡明そうな額や長い睫毛《まつげ》の瞼、細く真っ直ぐな鼻もどこまでも完璧であり、ある意味整いすぎているほどに麗《うるわ》しい。

全体に甘い顔立ちながらも、凛としてキリリとした印象を持たせるのも、そのカラダ全体から放たれる美女オーラ故なのだろう。

いかにもできるおんなという風情を、ショートボブの髪型が見事に演出していた。

(本当にこんな人が僕なんかをシェアしてくれるのだろうか……。でも、もし本当にそうなったなら、全力でこの人を悦ばせてあげたい!)

ほとんど一目惚れに近い状態で、密かに彰がそう想うのは、彼女の美貌ばかりが理由ではない。熟女特有の牡を惹《ひ》きつけて止まない牝フェロモンが、身長一七〇センチのすらりとした肢体からムンムンと放たれているからだ。

いけないと判っていても、その抜群のスタイルに目が引き寄せられてしまう。

毎日のように梨々花と肌を重ね、おんなには満ち足りているはずなのに、他愛もなくリビドーを刺激され下腹部が疼《うず》いている。

極上品のラベルが張り付いているような豊かな胸のふくらみは、和香が歩むごとに張りつめたビジネススーツに魅惑のリズムを弾《はじ》けさせる。さすがに梨々花よりも小振りではあったが、それでも十分なふくらみを持った乳房が収められているようで、完熟の甘い芳香が漂ってきそうだ。

きゅっと引き締まった柳腰から美臀《びじり》へと至る成熟したラインは、痴漢ならずとも思わず両手で掴みたくなる尻たぶを悩ましく揺らしている。

膝下十センチのミニスカートが似合いそうな腰高の下半身は、いまはスカートに包まれているが、裾から伸びるふくらはぎがゾクリとするほど美しい。

しかも和香は、ただ美しいばかりではなく、ひどく聡明であるのだ。

むろん、だからこそ二十代で起業して十年ほどのうちに業界のトップに上り詰めるほどの会社に成長させることができたのだろう。それでいながら年下の彰の前でも何のてらいもないばかりか、「うちは隙間産業で、ニッチなニーズをうまく開拓できただけだから……」と、謙遜《けんそん》さえしてみせるのだ。

「あの……。わ、和香さんほどの美人で、社会的に成功までしている女性が、どうして、僕なんかを……。その……シェアしようとかって……」

聞くべきか聞くべきではないのか、聞くにしてもいまがそのタイミングなのか、全てがまるで判らないまま、結局彰はその疑問を口にした。

「そうねえ。第一にあなたに興味があったの。あんなに身持ちの堅かった梨々花先輩をその気にさせたのが、どんな男の子なのかなって」

くっきりとした二重の大きな瞳で、改めて彰は値踏みされた。まるで内面まで透かし見てくるような煌めきに、彰は思わず背筋を正す。

「ふふふ。まあ、それはこれからじっくりと……。で、第二にはね、これは梨々花先輩から指摘されたことなんだけど、私は仕事に夢中になり過ぎて自分のいろいろな欲望や欲求を抑えつけているんだって。自分ではそんなつもりないのだけど……」

独りごちるように訥々《とつとつ》と語る和香。優秀な頭脳を裏付けるように、その口調は理路整然としている。

「確かに、いまの私は、多忙を理由におんなでいることを諦めているようなところがあったわ……。でも、それじゃあ寂しいよって先輩は指摘してくれたみたいね」

和香は笑いながらそう言うと、フォークの先に載せたステーキの欠片《かけら》をコケティッシュに口元に運んだ。

「だからって、まさか部下に手を付けるわけにもいかないじゃない。会社にも若いイケメンくんはいるけど……。だから先輩の提案に乗ってみようかなって」

パクリと肉を歯先で咥え、咀嚼《そしやく》してから呑み込む。その当たり前の食べる仕草さえ、和香は優雅であり、かつセクシーに映る。装《よそお》っているのか、それが素《す》の彼女なのか、まさしく肉食系のおんななのだ。

「だって、ほら、このままおんな盛りのナイスボディを放っておくのももったいないじゃない？　恋愛になんて拘《こだわ》らず、純粋に快感や愉しみを求めることは悪いことでもいけないことでもないのだからって。これも先輩の受け売りだけど……」

冗談めかしてはいるものの、明け透けな言葉には、飾らない和香がそのまま現れていると感じられる。

「それでね、早速だけど、これから彰くんをお試しさせてもらってもいいかしら？　あなたのこと気に入ったから……」

「お、お試しですか？」

「ふふふ。悦ばせ屋さんのあなたに試乗してみたいの……。それとも、試乗されちゃうのは私かしら……。ともかく私の部屋に行きましょう！」

バリバリのできるおんなだけあって、即決即実行がモットーであるらしい。

それでも社長である和香には、どうしても世間体がある。どこに、どういう目があるか判らないだけに、下手にホテルとかを利用するよりも、自宅を選ぶのだろう。むろん、それも彰の素性《すじょう》には、梨々花の裏書があるからこそだ。そうでもなければ、初対面の彰など部屋に招いてくれるはずがない。

「わ、判りました。では、すぐにでも……」と、彰は一も二もなく返事して、即座に席を立った。

これからこの人とセックスするのだと意識するあまり、気持ちが逸《はや》りすぎている。

まるで出走前に入れ込み過ぎの牡馬のごとき彰に、和香はポッと頬を赤らめながらクスクスと愉しげに笑った。

3

「むふっ……んんっ……」

ふいに甘い口づけをくれる和香。ふっくらふんわりの感触が、やさしく押し当てられ、刹那《せつな》に離れていく。

タクシーのドライバーの眼を盗むようにして仕掛けられるキスは、秘めやかな悪戯《いたずら》に等しい。

「わ、和香さん……んむンっ！」

どう対処していいか判らず、受け身になってドギマギしている彰の方が、よほどおんなの子のようだ。

チュチュッと掠《かす》め取られては、間隔をあけ、二度三度と朱唇に啄《ついば》まれる心地よさ。

腕や胸板に押し付けられる乳房の感触も、あまりに極上で、早くも彰は下腹部を勃起させている。

「まあ。とっても元気なのね。この分だと、期待できるかなあ……」

それに気付いた微熟女の手が悪戯するように若牡のシンボルへと伸びてくる。

「わ、和香さん……！」

「こんな風にイチャイチャするの久しぶりなの。うふふ。愉しい！」

ズボン越しとはいえ、まさかこんなところで手淫されるなど思ってもいなかった。にもかかわらず、重く甘やかな刺激が鮮烈に湧き上がる。

「元気なだけじゃないのね。とっても大きい……」

細く繊細な指先が、肉柱の容《かたち》と質量を探るように、ゆっくりとその外周をなぞっていく。時折、掌底でグイッと押すように捏ねられるのもたまらない。

「こ、ここでは、やばいですよ。和香さん」

どんどん切迫していくやるせない感覚に、彰も和香の下腹部にお触りしてしまいたい欲求が湧き上がったが、辛うじてそれを留めた。

もし今、和香の肉体に手で触れてしまえば見境がつかなくなると、かろうじて理性が警告するのだ。

（ヤバい。ヤバすぎる……。このままじゃ、射精させられてしまうかも……！）

際どい瀬戸際にまで追い詰められている彰だから、和香の部屋に着くなり、その魅力的な肉体を熱烈に抱きしめたのもムリはなかった。

「あん。彰く……んむぅ……むふん……うふぅ……」

彼女の細い手首を片手で束ね、思う存分、微熟女を激しいキス責めにしながら、もう一方の掌で和香のふくらみを手荒に揉みしだく。

(和香さんのおっぱい、やらかい……！　ブラがあっても揉んでいる手が蕩けちゃいそうだ！)

理性の欠片が、そんな性急な愛撫は下《げ》の下《げ》で、女体の中心からなるべく遠いところから触るべきだと囁いている。けれどそれも、昂ぶった牡の本性が、理性の囁きなどかき消してしまうのだ。

「あうぅぅっ……んふぅ……ふむむん」

あまりの激しさに捲《めく》れ上がった唇ごと舐りまわす。口づけというよりも貪っていると言う方が正しい。

掌に余る肉房は、やわらかいにもほどがあるのに、心地よく反発しては、彰の激情をさらに煽ってくる。

「おふぅ……あぁ、情熱的な口づけ……むふん……これだけで火が点いちゃうっ……。いつもキスは私を淫らにさせるの……んふん」

最小限に灯《とも》された仄暗《ほのぐら》いライトの中、息苦しいまでに口づけが続く。やがて、細腕を束ねていた手を解《ほど》くと、繊細な指先が彰の頰をやさしく擦る。

ぞくぞくするような興奮に苛まれ、彰は自由になった掌で微熟女の背中や側面を撫でまわす。女体のあちこちをまさぐりながら、その身に着けているものを一枚一枚脱がせていくのだ。

あっという間に下着姿に剝かれた女体が、すっぽりと腕の中に納まっている。しなやかでやわらかな抱き心地が、彰の激情をさらに煽り、つい腕に力がこもる。

「ああ、和香さんの唇、甘い……。どうしてこんなに甘いのでしょう？」

うっとりと感想を述べては、ちゅちゅっ、ぶちゅっと朱唇を舐《な》めまわす。

「んふぅ……。おんなが熟れると女体のどこもかしこもが男を誑《たぶら》かそうとするのよ……。淫らな証拠ね……ほむん……ほら、私のここも、こんなに燃え上がっているわ」

和香のしなやかな手が彰の手を捕まえ、大胆にも自らの下腹部に運ばせる。

瀟洒《しょうしゃ》な刺繡《ししゅう》に飾られた黒い下着は、いわゆる勝負下着であるらしく、いかにも高級そうなシルクの手触り。導かれたクロッチ部には、既に黒い濡れジミができていて、指先で触れた途端、ジュワッと蜜汁が滲むほど。

淫らさの一端を詳《つまび》らかにした微熟女は、触れなば落ちんばかりの表情で美貌を紅潮させている。

「和香さんっ！」

感極まった雄叫《おたけ》びを上げ、彰は女体をさらに強く抱きしめた。

「あん！」

悩ましい悲鳴のような喘ぎをあげた唇に、またも貪りつく。

一瞬、驚いたように目を見開いた和香も、あえかに唇をひらき彰の求めに応じてくれる。

「あぅ……っく、ふむぉう……ふうぅっ」

とぎれとぎれに息を継ぎながら彰は、その舌を和香の口腔内に滑り込ませた。微熟女の朱舌を求め右へ左へと彷徨《さまよ》う。薄い舌が差しだされると、勢い込んでざらついた舌を絡みつけた。

絡まりあった舌が互いの口腔を行き来し、溢れ出た涎《よだれ》が口の端から透明な糸を引いて垂《た》れ落《お》ちていく。

「ああん、本当に激しいキス……。私をもっと淫らにさせようというのね……」

和香は、恋人など作る暇もないと言っていた。明け透けにも、おんな盛りに差し掛かった女体を持て余し気味であることも教えてくれた。

これほどまでにゴージャスな女体なのだから、長らく放置されれば欲求不満を抱えるのも頷ける。むろん、その程度のことで和香の魅力は減じない。むしろ、颯爽とした彼女には、奔放な肉食系の姿がお似合いとさえ思える。

「ふうんっ、うぅっ、ほぉぅっ。はぁっ」

互いの唇が変形し、歪み、擦れあい、ねじれていく。

情熱的な眼も眩《くら》むような口づけで、おんなの本能を呼び覚まし、その官能を揺り起こそうと夢中だ。キスとはそういうものだと、無言で彼女は教えてくれている。

「うおっ……！」

いきなり下腹部に甘美な刺激を覚えた。微熟女の熟れた太ももが軽く持ち上がり、こわばりを圧迫してくるのだ。気がつくといつの間にか彰も、彼女に服を剝ぎ取られパンツ一枚になっている。その股間にニーハイのストッキングに覆われた太ももがぐいぐいと押しつけられている。さらに和香は、彰の太ももを美脚に挟み込み、自らの火照《ほて》る股間をさりげなく擦りつけてくる。

（うわあぁ、和香さんエロっ！　こんなにいやらしいことしてくれるなんて!!）

はしたない振る舞いを見せつける微熟女ながら、けれど彰は決して彼女をビッチだとか淫乱などと誤解したりはしない。

「和香は頭のいい娘だから、きっとわざとエッチに振舞ったり、大人ぶったりすると思うの。照れ隠しみたいなものもあるけれど、キミを緊張させない思いやりでもあるのよ」と、あらかじめ梨々花から聞かされていたのだ。

けれど、事前に知らされるまでもなく、それと同じ振る舞いを梨々花自身がしていたため、和香の大胆な振舞いがあえてであることなど、彰にも判定がついた。

むしろ、本来の和香が理性的な女性であり、奥ゆかしさや恥じらいも持ち合わせていることも見抜いている。

(和香さん、超色っぽくて興奮するけど、ムリにそんなにエロくしなくても、十分すぎるくらい魅力的なのになぁ……)

そう思わぬでもないが、他方で、年上の微妙なおんな心が可愛らしくも感じられる。

いずれにしても、このまとわりついてくる美脚だけでも、その残酷なまでの魅力に彰は抗えずにいる。

たっぷりとしたボリュームをたたえた太ももは、やわらかすぎず硬すぎず絶妙な弾力を誇っている。筋肉のしなやかさと艶脂肪のやわらかさ、しっとりしていて生暖かい感触。ストッキング越しにも、すべすべの感触が伝わってくるのだ。

天にも昇る心地よさに、肉感的なカラダをしっかりと抱き寄せた。

「ねえ。ちょっとだけ待って……。私、シャワーを浴びてくるから」

汗ばむ肌に、ふと恥ずかしさを覚えたのだろう。和香がバスルームに向かおうとする。

彰は、その手を捕まえると「イヤです。一秒だって和香さんから離れたくない」と、またしても彼女の唇を掠め取った。

「それにシャワーを浴びてしまうと、和香さんのこのいやらしい匂いを洗い落とされてしまうでしょう？」

言いながら改めて扇情的な下着姿を盗み見る。シルク生地の黒いブラジャーが、乳房をふっくらと覆っていた。半分ほどが露出する谷間には、うっすらと汗が滲んでいる。

きゅっとくびれた細腰には、同色のパンティがへばり付いている。むっちりとした太ももといい、腰高の美脚の艶《なま》めいたフォルムといい、極上の肢体には目が眩む。特に長く白い脚に黒のニーハイのストッキングは悩ましいことこの上ない。

「もう！　いやらしい匂いだなんて……。でも、いいわ。それがお望みなら嗅がせてあげる……」

朱唇をつんと尖らせて見せる和香。普段、凛としてカッコいいおんなが、可愛らしい仕草を見せると、そのギャップの大きさに男心をくすぐられる。

そんな微熟女の背筋に彰は手を回し、おもむろにブラホックを両側から摘まんだ。

「あん……」

番《つが》えていたホックは、思っていたより簡単に外れた。

途端に、張りつめていたブラ紐が撓《たわ》み、カップがふくらみからズレ落ちる。

すっと彰が体を退かせると、まろやかな曲線に形作られた美しい半球が、零《こぼ》れるように露わとなった。

デコルテに近い乳房の上の方は少しスリムで下の方が豊満な容《かたち》をしている。

ブラのタグには、Eカップと記されている。

「あんっ……」

和香の喉から漏れた声と同様、容《かたち》のよい双乳もフルフルと震えている。

乳房は、高貴な象牙色に輝き、誇らしげに滑らかなスロープを描いていた。頂点には、ワイルドベリーの果実ほどの乳首が、つんとお澄ましをしている。

「和香さん、すごく綺麗です」

溜め息ともつかない感嘆の言葉を吐き、瞬《まばた》きも忘れて、神聖なまでに美しい頂《いただき》を飽きることなく眺めた。けれど、どうせなら下腹部の邪魔な薄布も剝いてしまいたい。

和香の全裸をこの目に焼き付けたい衝動に駆られ、今度は彼女の腰部に手を伸ばした。

「これも脱がせてしまって構いませんよね？」

「う、うん。そうね」

微かに恥じらいの表情を見せながらも、小さな頤《おとがい》は縦に振られた。

同意を得た彰は、さっそくパンティのゴム紐に手指をくぐらせる。

つるりと蜂腰からゴム部を滑らせると、ゆっくりと薄布を擦り下げていく。

おんならしい丸みの艶腰の中央に、ひっそりと茂る恥毛。理知的な美貌とは対照的に思いの外、濃い繁みが恥丘をやわらかく覆っている。縮れた一本一本の毛は繊細で、けれど密に茂っているため全体に濃い印象を与えるのだ。

「陰毛がきらきらしてる……」

その輝きの正体は、毛先に光る滴《しずく》だった。

和香が、既にたっぷりと潤《うるお》わせていることは、パンティの濡れジミで判っていたが、それを直《じか》に目にするのはさらに衝撃的だ。

覗き込んだ彰は、その声をうわずらせた。

「あん。恥ずかしくなるようなことばかり言わないで……。匂ったりしていないわよね。だからシャワーを浴びさせてと言ったのに……」

甘えるような口調で詰《なじ》る微熟女。その素肌からは、ムンムンとおんなの誘う香りが漂っている。羞恥がさらなる発情を促すのだろう。艶《なまめ》かしいおんなの匂いがたまらない。

ごくりと生唾を呑んだ彰は、そのまま彼女をソファに座らせると、長い脚を大きく左右に開かせた。とはいっても、それほどムリに開帳させたわけではない。若牡の望みを叶えるように、自発的に微熟女が美脚を開いてくれたのだ。

(ああ、やっぱり濡れている……っ!)

純ピンクの二枚の花びらが、しっとりと愛蜜で潤っている。

とても三十路とは思えないほど和香の肉びらは、楚々としていて上品な印象だ。あえかに口を開けている陰裂も新鮮な肉色で、あまり使い込まれていないように窺《うかが》える。

彰は覗いている紅い粘膜部分を指先でソロリと撫で上げた。

「あはぁッ!」

即座に微熟女が女体をブルッと震わせ、悩ましい声を上げる。

(和香さんって、声を抑えたりしないんだ)

自分の愛撫で、年上のおんなが喘ぐのは、何物にも代えがたい悦びだ。

「あぁん、先輩から聞いていたけれど、彰くんって聞きしに勝るスケベね……。もう充分でしょ？　私の淫らなおま×こ。十分目に焼き付けたわよね」

いくら肉食系といえども、さすがに恥ずかし過ぎるのか、言外に和香は許してと訴えている。

「ええっ！　もう少しだけ見たいです……。あ、そうだ。じゃあ、僕に和香さんのおま×この味見をさせてください！」

思いついた彰は、和香の返事を待たず、いきなり秘唇へ口をつけた。

「キャッ！　あ、彰くん。やめて。ああ、ダメよ。そんな味見なんて。あぁん！」

口ではダメと言いながらも、和香が彰の邪魔だてをすることはない。それを良いことに、ベーっと伸ばした舌先で、花びらの表面に淫らな円を描きはじめた。

「ダ、ダメよ。はうぅぅッ。舐めちゃいやぁっ。あっ、ああん、ダメだってばぁッ！」

途端に、和香のむっちりとした太ももがふるるんと揺れ動き、蜜腰が軽くソファから浮き上がる。その動きがかえって彰の口腔に女陰を押し付ける結果を招いている。べったりと牝口に口唇を覆われて息苦しくはあったが、無我夢中で舌を伸ばしてペロペロと秘唇全体を舐めまわす。

どぷっと女陰から愛蜜が滴《したた》るのをいいことに、ぢゅちゅるるるっと淫らな水音をたてて舌先を蠢かせるのだ。

「和香さん、おま×こがヒクヒクしていますよ……。ちゅぱちゅぱっ……じゅるるるるるるっ……！」

尖らせた舌先で花びらを上下になぞり、顔を激しくバイブさせる。そのたびに、粘膜がヒクンと収縮するのは、感じているサインだ。

「あふっ、き、気持ちいいわ、彰くん……。ああ、いっぱいお汁が溢れているでしょう？　私、お汁が多い質《たち》らしいの……。うふぅ、キ、キミの顔を汚してしまうわね。で、でも、止まらないのよ……」

「感じてくれている証拠ですよね？　僕は嬉しいです……。んふぅ、ぬぷぅん……」

堅く窄《すぼ》めた舌を挿し入れるようにして肉扉をこじ開けると、より濃厚な牝臭がぷぅんと淫靡に匂い立つ。

溢れ出る蜜を舌先で掬《すく》い取り、懸命に自らの喉奥に流し込んだ。

「ひあぁあっ、ダメっ。味わいすぎよ、彰くん。ああん、そ、そんな奥まで……」

本来であれば彰など歯牙にもかけないであろう高嶺《たかね》の花が、腰を小刻みに震わせては悦び喘ぐ。

「あぁぁん、そんなに舌でほじくり返さないで……。あぁ、アソコが……、お、おま×こが疼いて、恥をかいてしまいそうだわ……」

舌肉に穿たれゾワリとした感覚が粟立《あわだ》つのだろう。艶めかしく下腹部が揺れては、女陰もヒクついている。だが、どんなに懸命に伸ばしても、所詮《しょせん》は舌だ。微熟女を絶頂にまで導くには、長さも太さも足りない。

和香がセクシーに蜂腰をあげ、ねだり声をあげている。

「ああ、もっとぉ……。もっと奥まで欲しいの。おま×この奥がムズムズしてたまらないわ……。お願い、彰くん。……ゆ、指でおま×こをほじって……」

あられもない微熟女からのおねだりに、彰は耳から射精してしまいそうになる。それでも和香が口にすると、不思議と淫語でさえ下卑《げび》て聞こえない。

その求めに彰はうっとりと頷き、骨太の指を膣穴にヌプリとぶっ刺した。と同時に、行き場を失った口腔で淫核を捕らえる。

「つくふぅんっ。あひぃんっ。ああっ、おま×こいいのっ。くふっ、ひはあぁ、おサネも痺れて、あぁぁ、は、弾けそう……っ」

尖らせた舌先で器用に媚肉を掻き分け、真珠に似た突起を小突き回す。

「きゃッ。ひいぃぃぃッ。だ、ダメぇッ……ああんんッ！」

ひと際甲高い声を上げ、激しくよがりだす和香。ゾクゾクするような興奮に苛まれながら彰はさらに、舌先で陰核を刺激し続ける。蜜壺から愛蜜がジュワッと湧きだしてくる。

かぎ指で恥丘の裏を擦りたて、膣肉を甘い媚悦に痺れさせる。吸い上げた淫核がさらに勃起していく手応えに、彰にも激しい歓びに包まれた。

「あ、彰くん。私、イキそうなのっ。ほ、本当にこのままではイッてしまうのっ」

和香が、彰の指と舌先の同時責めで、一気に絶頂に昇り詰めようとしている。幾分、あっけなく感じるものの、だからといって彼女を淫らだとかビッチだとかと蔑む思いは湧かない。むしろ、増していくその美しさと妖艶さに、完璧に魅了されている。

「もちろんイッていいですよ。さあ、我慢せずに……」

やさしい言葉とは裏腹に牝豆を強く吸いつける。膣穴も激しく掻きまわした。

凄まじいほどの喜悦と多幸感に包まれたのだろう。眩《まばゆ》い美肌には、ふつふつと鳥肌が立ち、全身のあちこちに艶めいたヒクつきが起きている。

「はうん、あはぁ……。あぁっ、んん、や、だっ……これ、気持ちぃ――んんっ」

微熟女の太ももに手を回し、なおも牝核を舐めあやす。

蜂腰をキュッと絞るように身悶え、引き締まったお腹が激しくセクシーに上下する。

上目遣いで美貌を探ると、柳眉《りゅうび》を眉間に寄せ、漆黒の双眸《そうぼう》を淫らに潤ませ、朱唇を扇情的にわななかせてよがり痴《し》れている。

「ああっ、ウソっ。こんなに早く私、イッちゃうっ。あひっ、ひぃん、いやっ、おま×こイクっ、果てるぅ。彰くん、ごめんね。私だけがイッちゃうの許してね……っ。あぁぁ、あなたの指と舌でおま×こが……ああっ、イクゥゥ……っ！」

官能の高みに昇り詰めた肢体が硬直し、ブルブルと悩ましく痙攣する。甘く強烈な快感が全身に満ち、鳥肌と脂汗が止まらない。

「あああああぁ……。わ、私、本当に達してしまったのね。まだお試しもはじまったばかりなのに……。でも、嬉しい。こんな気持ちいいのは久しぶりで……。頭の中が真っ白になって、なにも考えられないほどだったわ……」

過ぎ去る絶頂の甘美な余韻を味わいながら和香は恍惚の吐息を漏らすと、ソファにイキ極めた女体を沈めた。

4

「もう、油断ならないのだからぁ。欲求不満を持て余していたことは認めるけど、こんなに容易《たやす》くイかされちゃうなんて……。でも、何だかまだ物足りない……。ううん。かえってカラダに火が点いたみたいで、欲しくてたまらないわ」

荒い呼吸と共に烈しく上下していた大きな乳房が、徐々に落ち着きを取り戻すと、未だ微熟女の股間に頭を下げている彰に熱っぽい視線が送られた。

「ねえ。彰くん……。今度は、その大きなおち×ちんで、イかせて欲しいの……」

和香が恥じらいながらもうっとりした表情で彰を求めている。その貌は、男を求める発情したメスのそれであることは明らかだ。

「い、いいですよ。ぐしょ濡れのおま×こをこいつで擦って欲しいのですね?」

拒む理由など微塵《みじん》もない彰は、おもむろに体を迫《せ》り上げ、腰を正常位で貫く位置に運んだ。猛《たけ》り狂う勃起の先端を、ソファに横たわる微熟女の淫蜜溢れる花弁にあてがう。

けれど、すぐには挿入せず、膣口の表層粘膜に肉柱を平行に擦り付けるように意地悪く前後させる。

「あああ〜〜、いやぁ……。意地悪しないでぇ……。もう、やっぱり、彰くんは、油断ならないわね……。やっぱり私に試乗させて!」

焦れったいとばかりに微熟女が、若牡の胸板を両手で突くようにして押し戻すと、ソファに沈めていた純白のゴージャスボディを持ち上げた。

「本当にだめなの……。おち×ちんが奥まで欲しくて……変になっちゃいそう」

三十二歳の美人社長が、心から勃起したものを求めている。その事実に幾分呆気《あっけ》にとられながらも、彰は驚くほど興奮している。

和香に促されるまま、彰が床のカーペットに体を横たえると、その上に微熟女のむっちりとした太ももが跨がった。

マニキュア煌めく細指が亀頭部を導く先は、純ピンクに潤み輝く快楽のとば口。ぬるんと熱い濡れ粘膜が切っ先に触れただけで、思わず彰は「おうっ！」と喘いでしまう。

「挿《い》入れちゃうわよ。ああん、挿入る……挿《は》入《い》ってきちゃう。あはぁ、すごいわ……！　大きくて熱いおち×ちんが……！　挿《は》入《い》ってくるぅ……！」

蜜壺の内側を限界まで押し広げる圧迫感が微熟女を満たす。彰の勃起した逸物はそれほど巨大でゴツゴツしているのだ。

肉棒の半分まで呑み込んだところで、和香の手指が棹部から放れた。

「んん、はあ、はあ……ああん、いいわ」

和式トイレに座るような格好で媚尻が沈み込み、肉柱が女壺に収められていく。

その艶めかしい痴態を夢でも見るような心持ちで凝視する彰。込み上げる興奮に堪らず、斜め下から両手を伸ばし、扇情的な肉房を恭《うやうや》しく捧げ持つ。

「ぐうぅっ……なんて大きさなの……。こんなの知らない」

困惑と快楽を口にしながら和香は中途半端に桃尻を浮かせ、M字に開いた膝頭を必死に握りしめている。

「和香さん。辛いなら無理に挿入《い》れなくても……」

口ではやさしくそう言いながらも、内心ではこの夢のような時間がこのまま終わることを怖れている。その想いが、掌に溢れんばかりの大きな乳房をねっとりと捏ねさせる。

「あぅん……だ、大丈夫よ。ただ、あまりにも逞しくて……ああ、最後まで挿入するのが、もったいないくらい！」

押しつけるように女尻が沈んできた。久しぶりに男を受け入れた柔襞は逸物をソフトに包み、熱烈に歓迎するように奥へと導いてくれる。

ブチュブチュと、男女の結合面からは気泡を含んだ蜜汁が滲《し》みだした。

「私……重くない？　大丈夫？　苦しいとか、ないわよね？」

彰の貌を慈愛たっぷりの色っぽい表情が覗き込んでいる。

「大丈夫ですよ。こんなにエロい肉づきなのに不思議なくらい全然重くないです。苦しいとかも……。むしろ、気持ちがよすぎて……ぐあおぅぅぅっ！」

　肉棒から湧き起こる、大脳が沸き立つような官能を、彰は掌の中のマシュマロさながらのふくらみになおもぶつける。

「んん、はああ……ああ、私も気持ちいいっ！　ううっ、本当にいいわ。怖いくらい痺れちゃう」

　和香は拳を握り、喉奥から熱い息吹《いぶき》を噴きあげた。牡肉の強烈な圧迫によって押し寄せる官能をやり過ごそうと首をすくめる。が、ついには堰《せき》が切れたらしく、ぶるぶるぶるっと豊麗《ほうれい》な女体が震えた。

「おおお……。あっあああああぁ～～っ……！　きてる……大きなおち×ちんにおま×こを拡げられて……！　あはぁ、だめっ……いっ……イクっ！」

　襲い来る初期絶頂をやり過ごそうと、彰に覆いかぶさるように女体を倒してくる和香。その蜜腰だけをさざめかせ、堪《こら》えるように硬直する。媚肉が切なげに収縮しては、彰の分身を締め付けてくる。

「本当にイッちゃったのですか……？　挿入《い》れただけで？　確かに僕も気持ちいいけれど。和香さんって、すごく敏感なのですね！」

未亡人の梨々花も、全身が性感帯でもあるかのように、その肌を敏感にさせる。けれど、和香は、ことによると、その先輩を凌《しの》ぐほど敏感体質なのかもしれない。

だからといって、おんなとして使い込まれているとか開発されているといった印象は受けない。もしかすると、二歳年上の未亡人よりも和香の方が、早熟に牝が熟れているということなのだろうか。

「あはあぁ～。そ、そんなエッチなこと言わないでぇ……。んふっ、むむむっ」

彰は間近にきた美貌を引き寄せ、その朱唇を奪い取った。微熟女も舌を突き出し、イキ貌のままキスに応じている。

「むふぅ……あぁ素敵……。イッたままキスするのって、こんなにしあわせだったかしら……」

深く繋がった状態でする口づけは、男女の関係を結んだ二人の絆《きずな》をさらに深める。それは、目くるめく多幸感にも繋がるものだ。

しばし熱烈にキスを貪りあった後、ようやく離れた唇に、彰は焦れる思いで微熟女に訴えた。

「あの。わ、和香さん。もう少しでいいから、ち×ぽを奥まで挿入《い》れさせてもらってもいいですか？」

彰の訴えに、和香は双のまなこをパチクリさせた。

「えっ？　う、ウソっ。イヤだ私ったら……。すっかり全て呑み込んだものと……」

言いながら微熟女は再びマニキュア煌めく指先を自らのお尻の方へと回し、咥《くわ》え込んだはずの肉幹を付け根から確かめる。

「やぁん。彰くん、ごめんね。まだ全部じゃなかったのね。なのにこんなに深くまで挿入《はい》っているから、私てっきり……」

いまだ空気にさらされたままの肉柱は、半分とまでは言わないが三分の一程は残されている。

「待っていて。いま全部……」

彰の体の上に突っ伏すように傾《かたむ》けられていた女体が、ゆっくりと起こされると、ふぅとお腹の中に溜められていた空気を吐き出す。強い喰い締めが緩み、膣孔にゆとりが生まれたことが知覚できた。

一呼吸置いてから膣奥へ導くように和香が腰を前後させる。彰もそれに合わせて腰を下から突き出した。刹那に、太ももと媚尻が密着する。

「ひうん！　あん、何かしら、この感覚？」

完全に奥まで嵌まったところで、和香は今更に彰のストレートな形状と、剛直と呼ぶにふさわしい硬さとを感じ取ったようだ。

「ああん、凄いわ。凄すぎちゃう……。こんなに凄いおち×ちんがあるなんて知らなかった……。あの梨々花先輩がメロメロになったのもこの感覚のせいなのね」

苦悶と悦楽に呻吟《しんぎん》する和香。同様に、彰にも凄まじい愉悦が押し寄せている。

「はああ、なんだ。なんだ……。ぐわぁ、ち、ち×ぽが吸われてますぅ」

それは密着度の高さからくる吸着バキュームとでも言うべきか。肉壺に体ごと引きこまれるような感覚だ。

（こ、これが和香さんのおま×この中。異次元の気持ちよさだ！）

狼狽《うろた》える彰に、目を閉じている微熟女は気づいていない。

「私ばかりが、気持ちよくなってばかりでごめんね。彰くんも、私のおま×こ気に入ってもらえると嬉しいのだけど」

これがその気持ちとばかりに、和香がグイと恥丘を押しだす。

柔襞に表皮を擦られて、思わず「うぐっ」という唸りをあげる。その呻き声に薄っすらと目を開けた和香が、さらに蜂腰を揺らめかせる。

「おほぉっ！　和香さんのおま×こ……。すごくいいです。この感じ何と言っていいのか、うぐっ……ああ、キツキツに締め付けてくるのに、やわらかくて。ね、根元まで呑み込まれてるのが気色よくて……はあ、ふあああぁっ！」

「もっとよ。あなたにもっと、おんなのよさを教えてあげる。お淑やかな梨々花先輩では真似のできないような淫らなことを……！」

梨々花を敬愛するあまり和香には、未亡人がどれほど淫らに乱れるのか想像できていないらしい。同時に、梨々花に対し、やっかみにも似た想いもあるようだ。それこそが、彼女の彰を誘惑する動機となっているのかもしれない。

「してください。淫らなこと。僕にたっぷり味わわせてください！」

彰に促され、よりグラインドを滑らかにさせるつもりか、和香が前のめりに床に手を突き、腋下を引き締める。二本の腕に挟まれ、汗ばんだ双乳が、ムニュリと盛りあがった。

さらに両方の膝を床に押しつけて、結合をさらに確かなものにする。体位を固めてから小刻みな振動を与えてくるのだ。

「うう、ううう。ああ、いい……。あぁん、彰くんを気持ちよくさせてあげたいのに……これ、すごくいいっ！」

乗馬にも似た動きで、互いの生殖器を馴染ませていく。二度の絶頂を女体で味わっている和香は肌をよほど敏感にさせているらしく、それ故に、いきなり激しくはしない。

「す、凄いです。和香さん。最高に気持ちいいっ！　ああ、でも本当は僕が和香さんを気持ちよくしてあげなくちゃいけないのに……！」

悦ばせ屋であるはずの彰が、どんどん追い詰められていく。けれど、いくら自制しようとも、どうにもできないくらい和香が細腰を前後に揺さぶってくる。ふんだんに分泌した愛液の助けもあって、亀頭部が膣奥に滑らかに擦りつけられている。

「そんなことないわ。私もたっぷりと彰くんのおち×ちんを味わわせてもらっているもの。ほら、こうして私、気持ちいいところにばかり擦り付けている」

悶絶する彰のうえで、和香は立て膝を維持して臍《へそ》を中心にして下腹部を揺らす。膣摩擦によって男女の淫汁が混じり合う。内ももに粘着質な蜜が漏れ出している。

「はああん……。だめ……だめ……！　我慢できない……！　彰くん……もっと激しくしてもいいでしょう？　あああぁ～っ！」

微熟女が内ももを引き締め、脂のりした下腹をグラインドさせた。

ネチャネチャという淫音と共に、白い臍が縦横に伸びる。ぬかるみの奥底に、亀頭が擦りつけられた。

「ううっ。これ、ヤバい！　ち、ち×ぽが、おま×こに溶かされそうです」

「はああ、私も……ああ、お尻から下が全部、蕩けそう」

男根の敏感な部位を通じて、ナマ独特の質感が押し寄せる。試乗と称した性行為は、若牡を異世界へと誘った。

（たまらない。どんどんハメ具合がよくなって……快感に限度がない！）

彰は和香の蜜腰に手を添え、女壷が生みだす極上の味わいに浸る。

セックス特有の湿気によって微熟女の発汗も激しくなる。デコルテはもちろんのこと、赤く色づいた乳首も汗に濡れ光らせている。

「和香さん。手を握っていいですか？」

彰の求めに応じ、和香が指を絡ませてくれる。恋人つなぎによって騎乗位はさらに安定した。

ヌチャ、ヌチャと、スライド幅を少しずつ広げていくと、切っ先が火を噴くように感じられた。牝の子宮口と牡の鈴口が淫らな口づけを繰り返す。

「ああん。凄すぎちゃう。これまで誰も届かなかった場所に、いとも簡単に……くふぅぅ～ん」

忍び寄る快美感に、絹肌を粟立たせセクシーな牝啼きを漏らしている。

膣孔と肉棒は全く隙間なくフィットして、互いにとてつもない痺れをもたらした。

「はあ、はあ……ああん、いい。ああ、奥まで感じちゃうっ。あん、いやぁ、奥がこんなにいいなんてぇ」

微熟女の騎乗スライドは、より大胆さを増す一方。

「ぐわぁ。わ、和香さん、あまり激しくしないでください。このままでは射精《で》ちゃいます。ゴムも着けていないのに！」

「はあ……かまわないわ。このまま射精《だ》して。おんなの壺は男の精を授かるためにあるの……。だから、遠慮なく射精《だ》してね」

大人っぽく促しつつ、少しカワイイ言い回しもする和香。けれど、彼女のリードは長く続かない。彰の硬く引き締まった肉塊に、またしても彼女の方が追いつめられたようだ。

「あぁん。このままでは私が先に恥をかいてしまいそう……。もう、我慢できないの。ご、ごめんね。うう……っ」

烈しく愉悦の波が胎内で拡散するのだろう。翠眉が悩ましくたわみ、薄く開いた朱唇からは、堪えを失ったように咽《むせ》び啼きが漏れている。

加速度的に発情する女社長。官能味をたっぷりと湛えたおんなの腹が騎乗位で躍り狂う。前後運動に加え、ローリングまで交えた猥雑な腰遣いが炸裂した。

「大丈夫。僕も射精《で》そうです。でも、してもらってばかりでは申し訳ないので、僕も手伝いますね」

そう宣言してから彰は、腰を突き上げるようにして積極的に肉柱を抽送する。結合部からは、さらに卑猥にぬちゃぬちゃとした水音が鳴り響いた。

「ほおぉぉっ！　あ、彰くん、素敵ッ!!」

牡肉と牝膣は凸凹が隙間なくぴったりと嵌まっている。それを擦りあわせるのだから堪らないのも当然。それほど互いにとってカラダの相性が抜群なのだ。

「和香さんのおま×こも素敵です！　こんなに素晴らしいおま×こを味わえる僕はしあわせものです」

その言葉通り、学生に過ぎない彰には贅沢過ぎるほど、和香は大人の魅力に溢れている。とろけるような粘膜、生身の牝を直接味わわせてくれる膣ヒダ。何より、痴態を惜しみなく晒してくれる姿には興奮しかない。

「うれしいわ。がっかりされなくてよかった」

梨々花の時もそうであったが、やはりおんなが年上ということは、引け目を感じるものらしい。偏見かも知れないが、〝三十路〟には、おんなにとって特別な響きと意味合いが含まれているのかもしれない。

「がっかりだなんて、ありえません。和香さんは、最高にいいおんなです！　こんな夢のような時間を味わわせてくれるのですから！」

迸る彰の本音に、和香も自分の負い目が杞憂《きゆう》であると、実感できたらしい。それが、甘い多幸感につながって、心とカラダを高揚させたのだろう。

「ああん。うれしいわ。セックスで、こんなにしあわせを感じるのはじめてかも……。ふわふわして、雲の上にいるみたい……ああ、イクっ！　私、またイッちゃう。おま×こが熱いぃぃいっ！」

背筋を仰《の》け反《ぞ》らせて蜂腰を振りかざし、穏やかな、されど深い絶頂を迎える微熟女。次の瞬間には、前のめりに堕《お》ちてくる女体を彰はやさしく抱き締めた。

両腕を畳み、和香の双の乳房をまたしても掌に収める。

熟れ切った媚乳を揉みしだき、甘くやわらかな弾力を味わうことで悦びが倍加する。

「和香さんの魅力にどっぷりと嵌まってしまいました。和香さんが好きです。僕の想いを受け入れてくれますか？」

甘く切なく囁く彰。誑《たら》し込むつもりなどない。それ故に真剣な眼差しで、微熟女の瞳を真っ直ぐに見つめている。

「もちろんよ。私も彰くんが……大好き！」

蕩けた視線を絡ませながら、和香は眉根を寄せて囁いた。情感がさらに高まったお陰で、次の絶頂の波が到達したらしい。女体が大きくビクビクンと震えた。

イキ極めてわななく朱唇を彰は掠め取り、腰を跳ね上げるようにして下から上へと女壺を突く。追撃の律動を浴びた女社長は「ふむぅぅ……」と、悶え啼きを漏らしながら彰の首筋にしがみついた。その癖、蜂腰だけは中空に残したまま牡獣の抽送がスムースになるように手助けしてくれる。

(僕のち×ぽにイキ乱れる和香さんの牝貌、めちゃくちゃエロいっ!)

極上の抱き心地と牝孔を堪能しながらフィニッシュを目指す。最早、避妊など思いもつかなかった。

昂ぶる想いが大きなピストンを生み、蜜孔をしこたま擦り上げる。肉感的でありながら軽い女体を突き上げては、重力に任せて腰を落とし亀頭部が抜け落ちる寸前まで引き抜く。

「ぐおおおっ! わ、和香さん。僕、もう射精《で》そうです……。僕の精子を和香さんの美人ま×こに注《そそ》ぎますよ!」

射精衝動に捉われ、律動をますます忙しないものにさせる。

膣孔を激しく出入りする肉体的快感と恍惚に蝕《むしば》まれ、苦しさまでも伴《ともな》った肉悦に、またしても微熟女が昇り詰めるのを、そのきつく食い締める蜜襞で彰は悟った。

「イクッ、和香イッちゃうぅ～～っ！」

首の座らぬ赤子のようにカクカクと頭を振り立て、凄艶なよがり啼きを奏《かな》でている。

「僕もイキますっ！　あぁっ、射精《で》るっ。和香さんのイキま×こに……ぐわあぁぁ～～っ！」

彰は、ぶっさりと膣奥に挿し込んで腰の動きを止めると、亀頭を目いっぱいに膨らませ、次の瞬間、鈴口から多量の牡汁を吐き出させた。

灼熱の樹液は、膣の隅々《すみずみ》にまで迸り、微熟女の脳まで真っ白に焼き尽くす。

「あぁぁ、イク、イクぅッ……あああああぁぁ……あっ、はぁ、あああああ～ッ！」

二度三度と子宮口に白濁を吐き出しては、女社長を連続絶頂へと導く。

うっとりと和香は、彰に潤んだ瞳を向けながら白濁した劣情を浴びている。理知的な美貌が潤み蕩ける様は、この上なく淫らで美しい。

おんなの神秘と淫らさを彰は余すことなく視姦した。

「うう、最高に気持ちいいです。和香さぁんっ！」

彰はなおも搾り取ろうとする女陰のやわらかい締め付けを堪能し、微熟女は肉柱と子胤がもたらす陶酔に裸身をわななかせた。

5

男女の発散した大量の汗が窓を曇らせるほど、射精とアクメで上昇させた体温を二人は体をくっつけ合って交換している。

「ああん。すごくよかったわ。彰くん。恥ずかしいくらい乱れてしまったわね……。一回のセックスでこんなにイクのはじめてかも……」

収まろうとしない二つの荒い息が、いかに激しく互いを求めあったかを象徴している。

「彰くん……。和香のおま×こ、気持ちよかった？」

汗に濡れた彰の髪を和香が優しく梳《くしけず》っている。あれほど夥《おびただ》しい射精を促されたのだから、その答えは判っているはずだが、おんな心を満たされたいのだろう。

察した彰は、「はい」と大きく頷きながら、呼吸を整えようとハァと大きく息を吐いた。

「脳みそが蕩けそうなほど、いや、全身がドロドロに溶けちゃうくらい気持ちよかったです。きっと和香さんのおま×こと僕のち×ぽは、相性抜群なのですね」

ただでさえ眩しい美貌を艶々と輝かせる微熟女。三十二歳の女体に十一歳年下の若牡からの最高評価を受けたことが、誇らしくもうれしく思っているのだろう。

「もう！　エッチな言い方……。でも、本当に素敵だったわ。病みつきになってしまいそうなくらい」

未だ彰の上に圧《の》し掛《か》かったまま、うっとりと絶頂の余韻に浸る微熟女。彰は、胸板にべったりと吸い付くようにして押しつぶされている乳房の感触を意識しながら、その滑らかな背筋をいやらしい手つきで撫でまわしている。

「あん……。イッたばかりで、まだ肌が敏感だわ。背中でこんなに感じることないのに……んふぅっ」

熱く艶めいた吐息に、ピクリと肉棒が反応する。

「僕、本気で和香さんを病みつきにさせたいです。もっともっとイキ狂わせて、梨々花さんのように僕のち×ぽ中毒にさせますね」

ムズムズと下腹部が疼くのは、萎《な》えかけていた肉棒がまたぞろ硬さを取り戻していくせいだ。

「えっ？」

己が胎内で膨張《ぼうちょう》していく肉柱を知覚したのだろう。鮮やかな桜色に上気した美貌が、驚きと狼狽《ろうばい》の入り混じったものに変化していく。もしかすると、そこには幾分の期待の色も含まれているかもしれない。

「理性なんて焼け千切れるくらい和香さんのおま×こを突きまくります！」

「突きまくるって、待っ……んぁ、あぁッ……！」

愛液の膜を纏った肉槍で牝の祠《ほこら》を小突いてやる。灼熱棒から与えられる圧迫感に、女社長は声にならない悲鳴をあげた。

衝撃に、ショートボブの髪を躍らせ、目を見開いて天井を仰いでいる。

「だ、ダメよっ。あんんっ……和香は、まだイッたばかりなの……。いきなり動かしたりしたら切ない……。あひぃっ」

騎乗位のままだから決して鋭い突き上げにはならない。まして、いまの微熟女には蜂腰を浮かせる余裕もない分、律動の範囲も限定的にしかならない。

にもかかわらず、絶頂に至ったばかりの女体は、どんなに小さな刺激さえ過剰なまでに快美にさんざめき、隠し通していた和香の羞恥心までざわめかせる。

「はぁ、はッ……やん……あぁ、ダメぇっ。いやよ、いや、いや。理性を焼き切られるなんてイヤぁっ……あ、あああぁ！」

またしても狂おしいばかりの性感が湧き起こる己の股間を、呆然と定まらぬ視界で見つめる和香。何が起きているのか判らないとでもいうように、大きな瞳をぱちくりさせている。

「んぬぅ、はおぉっ！　んん、来るっ。また来ちゃうぅぅっ！」

生娘の如く微熟女は、肉の杭で一突きしただけで満足に酸素も吸えなくなっている。艶色のリップには涎が浮いて、筋を引いて顎先へ垂れた。

「ぐふぅぅ。また和香さんのおま×こ、蠢いている。おぉっ、今度は喰い締めた。ヌルヌルぐちょぐちょなのに、摩擦が物凄く気持ちいいです！」

和香と同じ眺めを、彰も首を亀のように伸ばして視界に収める。

美形であったはずの肉孔が下品なまでにパツパツに大口に拡げられ、巨大な男根を丸々と呑みこんでいた。

繋がりあう男女の性器を見つめていると、もっともっと深い悦びを得たい欲望が増してくる。同時に、この微熟女を徹底的に蕩けさせ官能に酔い痴れさせたいと願う気持ちも湧いてくる。

「和香さんのおま×こをもっと自由に突きまくるには、こうしちゃいますね」

言いながら彰は、女社長を抱きかかえたまま腹筋の力だけで上体を起き上がらせる。と、今度はそのまま和香の背中を床に付けた。さらに、彼女の双の足首を摑まえて高く持ち上げ、そのままぐっと頭の方に倒していく。媚麗な肢体を畳み、上からの角度で子宮を圧すように屈曲位で貫いた。

「ほら、僕のち×ぽが和香さんのおま×こにぶっ刺さっているのが丸見えになりましたよ」

しとどに濡れ光る結合部が、どぎついまでに灯火に晒されている。白く泡だった淫液が、彰の吐精したものか牝汁の溢れたものかも判らない。

「あっ、あぁっ、和香のおま×こが、ふしだらにおち×ちんを咥えているわ……。こんなに拡がっているのね。見なければよかった……こんなはしたない姿……」

膣孔を征服しているのは肉柱なのに、槍先をぱっくりと咥え込み離さないのは紛れもなく和香の方だ。羞恥心の蓋が、その絶望的なまでに淫らな眺めに弾け飛んだらしい。

それでいて微熟女は、興奮にその美貌を冴えさせている。かくもおんなは不可思議だ。恥ずかしいほど燃えるし、容易に羞恥を快感に変えてしまう。梨々花の時も同じだったが、和香のように頭のいいおんなの方が、己の淫らさを直視させられるにつれ被虐に身を焦がし、官能に肌を火照らせるものらしい。

「さあ、今度は、僕のち×ぽで和香さんのおま×こを甘く攪拌《かくはん》しますね」

宣言してから彰は、屈曲位で腰を蠢動《しゅんどう》させた。肉柱をマドラーに見立て、膣内で細かく暴れさせては、押し付けた鈴口を子宮口に擦らせるのだ。

「あっ、あっ、あっ……ま、待って。おち×ちんで攪拌って……ああんっ、いやぁ！　子宮の入り口が甘く痺れちゃう……ああん、なに？　なんなの、これっ？」

微熟女の制止もそ知らぬ顔で、牡鈴口を牝子宮口にぶちゅっ、ぶちゅっと熱く口づけさせる。もし和香が経産婦であったなら、子宮の中に亀頭が潜り込んだかもしれないほどの圧迫擦りに女社長はひどく喘いでいる。

「ああん、彰くぅん、こんなのって、お、お、おおぉっ、あんっ、あぁんっ！」

和香にどれだけの男性経験があるかは知らないが、さすがにこの深い交わりは未知のようだ。

想像を超えた悦びを与える彰に、和香は多量の媚蜜を振る舞ってくれる。

「ああん……。堕ちちゃう……。ただでさえすごいおち×ちんを覚え込まされて切ないのに……。本当に和香は、彰くんのおち×ちん中毒にされてしまうわ」

圧倒的な牡獣の精力に理性を浸食《しんしょく》され、淫らな姦係に酔い痴れている。力強く腰を押し込む彰に合わせ、婀娜《あだ》っぽい細腰が悩ましくもクナクナと揺れている。

「僕も和香さんに完全に嵌まっています。もうこのカラダから離れられません……」

何としても彰は、和香に自分をシェアする一人になって欲しいと心から願っている。そのためには、熟女悦ばせ屋としての義務というか仕事というかをきっちりと果たさなければならない。

さらに信頼と絆を深め、この試乗を終えた後も男女の間柄でいられるよう、楔《くさび》を穿ちたいのだ。

「これだけカラダの相性がピッタリなのは、僕と和香さんは結ばれる運命にあったからですよね。こうしてち×ぽを和香さんのおま×こに漬けているとよく判ります」

そう吹き込みながら彰はゆったりと腰で円を描き、おんなの官能を掻きまわす。すると、微熟女の腹がビクンと短い痙攣を起こし悦びに打ち震える。子宮を直に犯される快感が、和香を極彩色の愉悦の虜にするのだ。

「和香さん。本気で僕、和香さんのことが好きになりました。だからこそ、僕をシェアして欲しいのです。絶対に損はさせません。たっぷりと和香さんを悦ばせると約束します！　だから……」

昨今の風潮では、女性に「好きだ」と告白するだけで、セクハラと言われかねない。だから、感極まったとはいえ、彰の告白は、かなりの勇気のいることなのだ。

それも欲情に燃えたぎる巨根に切ない思いの丈を載せての告白だから成熟した媚肉

が悦ばぬはずがない。

「あふん……。本当に和香でいいの？　彰くんより十一も年上なのよ……。それに君には梨々花先輩だっているのでしょう？　ああ、でも、うれしい。彰くんが望むなら和香を好きなだけ……。これからは、二人の時には、和香を彰くんの恋人のように扱ってくれる？　甘い時間を過ごしてくれる？」

彰に組み敷かれながら和香が真っ直ぐに訴えかけてくる。

「本当の恋人にしてくれなくても構わない……。泡沫《うたかた》の恋でも和香は、彰くんをめいっぱい愛するわ……あっ、あぁん……ひあっ、あぁんっ」

「僕の恋人って本当ですか？　そんなことを言うと僕は図に乗って和香さんを犯しまくりますよ。だって恋人同士なのでしょう？　このおっぱいを揉みながら、おま×こを突きまくっていいのですよね？」

「おっぱいだけじゃないわ。唇も、太ももも、髪のひと房まで全て彰くんのモノよ……。いくらでも彰くんの好きにして構わない！」

うれしい満願回答に、彰は天にも昇る想いがした。ただでさえ彰は平凡な学生にすぎず、借金まみれでさえあるのだから夢のまた夢のような申し出なのだ。

「じゃあ、これからは和香さんと逢う時は、毎回こうして嵌めまくりますね！」

「こんなに魅力的なセックスを逢うたびにされたら、きっと和香は狂ってしまうわね……。ああ、でも、そんなに愛してもらえるの、うれしい！」

明晰《めいせき》な女社長の知能は、桃色の快楽を毎回の如く注ぎ込まれることを想像し、酩酊《めいてい》したかのように蕩け崩れている。

「和香は彰くんに病みつきよ。すっかり彰くんのおち×ぽ中毒にもなっているわ。淫乱と蔑まれても仕方ないほど……」

自らを貶《おとし》めるようなセリフを吐きながら、おんなのカラダが悦びに咽び啼いた。乳首がツンと赤く色づき、牡獣を誘うように硬く勃起している。

「彰くんに可愛がってもらいたい……。彰くんの男前なおち×ぽで、いっぱい愛してもらいたい……。愛してる。愛しているの。彰ぁ……」

啜《すす》り啼く股間に彰は、ずむッと打ちつける。穂先が恥奥へと突き刺さる手応え。子宮口が歪む心地に、微熟女の背中がたわむ。肉打ちの衝撃に、骨の髄までビリビリと震えている。

「くひ、ンッ！　深、いっ……子宮に刺さって……！」

屈曲位を少しだけ緩め正常位に近い位置で、彰は腰を遣いはじめた。その分、激しく腰を揺すらせて、微熟女から甘い嬌声を搾り取り、淫靡な情交を色付けさせる。

重々しく怒張を膣奥に穿たせては、子宮を何センチも押し込んでいく。

「はぁ、あっ、あっ……あぁっ、はぁっ、はひっ、ングゥッ」

巨大な男根は、引き抜く際に本領を発揮する。雄々しく張ったカリ首が拡がって、複雑に入り組んだ襞肉を一枚残らず掻き毟《むし》るのだ。

「あはぁ、彰、はひぃ、あ、彰ぁ〜〜っ！」

骨も肉も一緒に蕩けるような快美感に、おんなの張った右脚がぷるぷると引き攣っている。

「おおん、おほぉぉぉっ、イクわ……またイクっ！　ああ、またっ！　どうしようイク、イク、イクぅぅぅぅぅ〜〜っ!!」

凄まじいイキ様に微熟女自身が戸惑っているようだ。だが若牡は律動を緩めない。

名器としかいいようのない媚膣を、逞しい逸物で激しく捏ね回し続ける。

突きと引き抜きによって生じる愉悦の波が、競うように彰の背筋をよじ登った。

「僕のち×ぽの味はすっかり覚えましたか？　真っ直ぐに子宮を突けるのが自慢なんです。どうです？　たまらないでしょう」

「そ、そうなの。子宮をグイグイ押されて凄いの……。年下の男の子に無理やり犯されているみたいで興奮しちゃう……。ああんっ」

冠がずるりと女社長の弱点を擦り、イッたそばから牝啼きを掠め取る。最早、和香は己の反応を恥じる暇《いとま》さえもないのかもしれない。恥骨を接吻させるような腰振りが骨盤に響き、思考までも揺さぶられている。成熟したゴージャス女体が、久方ぶりの結合に嬉々として華やいでいるのだ。

「和香さんの啼き処は覚えましたよ。ここがGスポットですよね？　ざらついた部分の多い、ここ全部が感じるのでしょう？」

小刻みに微熟女のGスポットにたっぷりと亀頭部を擦り付けながら、豊満な乳房を弄ぶ。抽送を抑制する代わりに、彰の内側で沸騰していく欲情を容《かたち》のいい肉房にぶつけるのだ。

すらりとした女体に、巨乳と呼べる熟したおっぱい。彰は体を折り曲げて、その先端をいやらしく舐めしゃぶり、もう一方の肉房を鷲掴みに揉み潰《つぶ》す。

「ぶちゅるるるっ……。うおっ！　乳首を舐められるのも好きなのですね？　おま×こがまたヒクついた!!　それにしても凄く感じやすいですよね。あまり開発されているようには見えないけど……」

仕事にばかりかまけてきた女社長の蜜壺が、使い込まれていないことは見た目にも明白だ。これほど感じやすく、しかも具合のいい道具なのに、つくづくもったいない。

けれど、その新鮮味こそ彰の男心を満足させてくれている。

「し、知らないわ、ンッ、んんっ！……はぁはぁっ……もう、感じさせられてばかりで、狂ってしまいそう……あああああああっ！」

「ふふ、可愛い反応ですね。あんまり和香さんがエロいから、僕もまたそろそろ……。今度のピストンで僕専用の容《かたち》に変えちゃいますね。——ほらっ、ほらッ！」

宣言してから容赦のないピストン運動を再開させる。陰茎を鉄のように硬くさせ、しかし、海綿体の柔軟性を活《い》かして媚粘膜を隙間なく嬲《なぶ》る。その度に微熟女の汁は白く泡立って、ぐぶっぐぴっと下品な蜜鳴りを奏でていた。

「んはぁっ、あんっ！　あっ、やっ、あんっ、ああんっ」

ひどく奔放に、しかも艶やかに、和香が次々と牝啼きを吹き零す。ありのまま感じるままにおんなを曝《さら》け出してくれるのだ。

「恥ずかしくても、はしたなくても構わない。いまはただ彰を感じていたい」と、艶めかしい表情がそう語りかけている。

「あっ、ああっ！　ンンっ、おち×ちん、すごくいいっ……！　はぁっ、あああっ！　い、いい……っ！　素敵、素敵よ……あっ、あああっ！」

肉の愉悦に翻弄《ほんろう》されながら、愛する若牡を褒めそやす和香。色香漂うグラマラスな肉体の全てが、いまやすっかり彰の虜のようだ。太腿を牡獣の腰に巻きつけ、少しの隔《へだ》たりもない剝き出しの性器同士の触れ合いを愉しんでいる。絶え間なく分泌される発情汁が、若い淫棒をドロドロに溺れさせていた。

「あはぁ。イク、イク、イクぅぅ……。ねえ、お願い……。彰の精子を和香の子宮に注いで……。彰と一緒にイキたいの」

繰り返し寄せては返す波のような連続絶頂に泣きじゃくりながら和香は、彰に中出しを求める。

これほどの媚女に求められる歓びが、凄まじい興奮となって射精衝動を呼び起こす。自らが昇り詰めるためだけの抽送に変換して、腰つきをどんどん速めた。

「イクっ、イクっ、イクぅっ。ああ、彰、和香はもうあなたのものよ……。こんな想い初めてだけど、あなたの好きに染めて欲しい……っ！」

社長として颯爽《さっそう》と社会を渡りながら、おんなとして束縛されることを望む想いが和香にも芽生えつつあるのかもしれない。その願望を仮初《かりそ》めにも叶えるのが自分の役割と、雄々しく彰は微熟女の官能を掘り起こす。

激しい絶頂に呑まれながらおんなのしあわせを望む和香を、彰は本気で愛している。何度でも射精できるのは、その愛があればこそなのだろう。

「あっ、ああンっ！　いい、気持ちよすぎて、もう何も考えられないわ……んふぅっ、はぁっ、あっ、あんっ、んんんんんんン……っ！」

発情で頬を赤くした和香が、迎え腰の動きを速めている。息んで媚肉を締めつけ、剛直の崩壊を促してくる。膣壁の収縮のお陰で交尾汁が押し出され、結合部からゴプリと溢れた。牡と牝の濃厚な性臭が、汗と共にプーンと居間に立ち昇る。

「あっ、あああっ……！　彰ぁ……っ、あっ、あああンっ！」

漂う淫臭と逞しい牡獣の体が、和香の理性を押し流し、おんなの受精本能を刺激したのだろう。蠱惑の蜜穴が、牡の種付け棒をギュウウウウッ！　と、締めつけた。

「うっ、ああっ!?　そんなに締めたら……ぐおおおおぅっ！」

凄まじい快楽に堪えていた衝動が誘発され、彰は激しい射精発作に見舞われた。

二度目であるにもかかわらず、勢いよく夥しい精液を女社長の揺籃《ゆりかご》にまき散らす。

「ああ、すごいわ……。安全な日なのに、孕《はら》まされてしまいそう……。イクっ、またイッちゃう……。ああ、熱い精子で和香、イクぅぅぅっ！」

イキまくる和香の女陰がみっしりと彰の肉塊を締め付けてくる。一滴《いってき》残らず精液を搾り取ろうとする微熟女の仕業に、精巣に残された全てを彰は吐《だ》し尽くした。

第二章　夜ばい凌辱

1

　桜の木々が薄紅から新緑にお色直しを済ませても、彰は和香の部屋に足しげく通っている。

「私、決めたわ。正式に彰をシェアすると、梨々花先輩に連絡する……。彰にあまり嵌まり過ぎて仕事に支障をきたしそうだけど……」

　あの夜、ほとんど一晩中ものあいだ和香を啼かせ続けた彰は、その決断を耳にして、嬉しさのあまりまたしても分身を彼女に突き立てたほどだ。

　その関係は、自然に和香本人が求めたように恋人同士のような甘々のものとなっていた。

社長業に忙しいはずの和香も、働き方改革を言い訳に、彰との時間だけはしっかりと確保してくれる。

外でデートをしたり外食を愉しんだりした後、必ず微熟女のベッドの上で肌を重ねるのがコースとなっている。

「あっ、あああん。ダメよ。そんなにがっつかないで……。そんなにされたらまた会社に行けなくなっちゃう」

「今日一日くらい、行かなくてもいいじゃないですか。和香さんは、社長なのでしょう？　僕、腰が立たなくなるくらい、ずっと嵌め通しで和香さんを愛したいです！」

昨夜から三度も微熟女の女陰に中出しを決めているにもかかわらず、いまも寝バックの体位で、尻肉の狭間《はざま》から埋め込んだ肉塊を擦りつけては、媚肉を攪拌している。

「ああ、そこっ！　あああん、そこも!!　感じちゃう。こんな調子で嵌め通しになんかにされたら私、狂っちゃうわ」

そう抗いの声を漏らしつつ、和香は背筋までパアッと発情色に染めている。恐らくは、その明晰な頭脳で、彰の肉塊に一日中嵌め通しにされる自分を想像したのだろう。

「だって和香さんが、僕を置いて会社に行こうなんてするから……。和香さんを僕のち×ぽ漬けにしておけば、このまま側にいてくれるかなって……」

言いながら背後から和香のＧスポットに擦りつける。手をベッドと女体の間に捩《ね》じり込み、双の乳房を掌の中に収めた。

白い背筋に唇を押し当てながら乳房を弄び、Ｇスポットを切っ先で抉ると、女社長は「あっ、あっ、あっ」と、短い悲鳴とも喘ぎともつかぬ牝啼きを漏らしながら、他愛なくまたしてもイキ極めた。

「わ、判ったわ。降参しちゃう。今日は会社を休んじゃうわ。その代わり、和香を一日中イキ狂わせて！」

「和香さん。うれしいです。僕、和香さんのこと愛しているから。だから、こんなに和香さんが欲しいのです」

おんな泣かせの甘い言葉を普通に彰は吐くようになっている。ちょっと前までなら、照れくさくて、中々口にできなかったであろう言葉だ。だからといって、それは調子のいいその場限りの出まかせではない。多少、惚れやすくとも彰の本心だからこそ、和香の心にまで染み入り、おんな心を蕩けさせるのだ。

「もう彰は、すっかりおんな誑《たら》しね。でも、梨々花先輩は、そこを見抜いたのよね。憎らしいわ……。ああ、でも、私もよ。和香も彰が大好きっ！」

好きと言ってくれる唇を肩越しに背後から掠め取り、微熟女の腰部をグイと引き付けるようにして持ち上げると、麗しの女体をくるりと反転させ、軽々と正常位に移行させた。

肉感的な割に軽い女体だから、体位の入れ替えも容易《たやす》い。

今度は正面切って朱唇を求めてから、女陰への律動を再開させる。

「はあうんんっ」

はじめての夜の交わりとは異なり、余裕のある情交。あの夜は和香主導で、互いを貪るようにはじまり、距離を一気に埋めた。だが今は違う、微熟女の全てを知り、彼女も彰を理解した分、焦らずとも深い悦びを得られるようになっている。

けれど、和香を求める彰の情熱だけは、あの夜から少しも変わらない。

「ああ、すごいの……」

肉襞の内側を雁首《かりくび》で一気に貫くと、途端に女体がビクビクンとわななく。膣粘膜全体がマグマのように溶けだして、快楽の泡がはじけ飛ぶのだろう。

「ああんっ……彰ぁ！」

情感たっぷりに愛しい名前を呼びながら、和香の美脚が若牡の腰に固く巻きつき、グラマラスな上半身が上下に波打つ。

「わ、和香さん……」

クールに澄ましていた彰も、微熟女のねっとりとした締めつけと官能の吐息を吹きつけられ息を荒げた。

深く、浅く、繰りだすストロークは、愛しいおんなの官能を的確に掘り起こしていく。

「あはぁっ……はああんっ……いいっ……気持ちよすぎて、狂っちゃうぅ」

彰を縛る美脚がぐいっと強く引き付けられる。首筋にもしなやかな細腕が絡みついて、互いの距離がゼロになるほど密着した。

「うおっ！　和香さんの喰い締めがまた強くなった!!」

媚膣までもが、彰を離さないとばかりに剛直全体を締め付け、甘い奉仕を繰り返す。

蜜洞の天井が責め立てる雁首に呼応するように蠕動《ぜんどう》し、幹の根元や血管が走る中ほど、そして雁の裏を波打っては、キュンキュンと締め上げてくるのだ。

「あぁ、和香さんのおま×こ、最高だぁ！」

女体全てに喰い締められて身動きが取れなくなった彰は、ぐいっと首筋を捻《ね》じ曲げるようにして、微熟女の乳首へと唇を運んだ。

「はうんっ！　ああん、ダメぇっ。おっぱいまで切なくなっちゃううぅっ」

ブルブルッと甘く女社長が身悶えると、フルフルッと扇情的に乳首も揺れる。その乳頭を上下の唇だけで挟み込んでは、むにゅるるっと引っ張る。

「やぁん！　乳首が浅ましく伸びちゃうぅっ！　ああ、ダメぇ、ひやぁん！」

限界まで伸びた乳首が、ちゅるるるんと粘膜から滑り落ちると、大きなふくらみがまたもやわらかく撓み揺れるのだ。

「もう、彰ったらいやらしい悪戯ばかりぃ……。乳首がだらしなく伸びてしまったらどうするのよぉ！　責任取ってくれるの？」

甘く詰る和香は、つくづく大人カワイイ。そんな彼女を横目に見ながら、汗で淫らに照り輝く水蜜桃をガッチリと捕らえ、その所有権を主張するようにチュウチュウと吸い呑んでいる。もう一方の膨らみも掌で鷲掴み、好き勝手に揉みしだく。

その大きさのためにさすがに肉房は左右に流れ出しているが、その分だけやわらかさが保証されている。しかも、乳肌のきめの細かさとも相まって、極上級の乳房に、興奮と肉欲がさらに高められていく。

「責任取りますよ。いくらでも！　だって和香さんのおっぱい最高なんです。やわらかくて、いい容《かたち》をしていて、甘いようなしょっぱいようなで、それに凄くいい匂いが口の中で広がって！」

「あふぅっ……こ、こんなの重いだけよ。煩《わずら》わしい視線を集めるだけだし……」

和香のEカップ乳房は、昨今では珍しくない大きさで、巨乳と呼べるギリギリの範《はん》疇《ちゅう》かもしれない。けれど、そのキュッと引き締まったウエストとの対比もあり、十分以上に豊かに思える。

けれど、未だに世の中には、おっぱいの大きなおんなは頭が弱いとか、尻軽なおんなが多いなどと、バカバカしい妄信を持つ輩《やから》が少なくないらしい。

そんないわれのない偏見を受けるのを、煩わしく感じるのは当然であろう。

「でも僕は、女性らしくて魅力的だと思います。乳首が弱いところもカワイイし……。ちょっとしゃぶられただけでも、エッチな声が漏れちゃうところなんか、もう最高です！」

言いながらたっぷりと口腔内に涎を溜め、ぢゅぴちゅぱッと乳首を舐め転がす。敏感なしこりから湧き起こる喜悦に、縛り付けていた美脚がたまらず緩む。すかさず、腰を大きく退かせ激しい勃起の突き込みを見舞った。

「きゃううっ！　あぁンっ！　いいっ、いいわ彰……っ！　ンあぁっ!!」

膨張していく快感に微熟女があわててむしゃぶりついていた首筋への腕の力を強める。

「んふっ、んんっ！　んっくぅ、はぁんっ……そっ、そんなにされたら和香、ダメになっちゃうぅぅ……っんっ！」

こうして和香と肌を重ねるにつれ、彰は自らのおんなという存在への認識が変わっていく実感があった。男と女はこれだけでいい。洒落た会話などなくとも繋がっていれば、伝わるものがあるのだと。

言葉で判ろうとすることなど本来は不要で、本能だけで繋がる男と女の方が動物としては正しいのではないかと。

（和香さんは、僕の価値観さえ変えてしまう存在。僕を男として成長させてくれる存在なんだ……！）

彼女がそういうおんなだからこそ梨々花は、彰をシェアするメンバーに加えたのではないだろうか。

和香は独身であり、精神的にも経済的にも自立したおんなである。そんな大人な彼女に、彰は憧れと尊敬の念を抱き、それが彼女を愛することに帰結していく。

求められるまま彰は、ただひたすら和香を抱き続ける。目の前の、この肉体を持ったおんなを、本気で愛しているのだ。

大人として自立しているが故に、もしかすると、いつか彼女はふいに彰の前からいなくなるのではないかという不安を抱かせる。その不安定ささえ和香を愛する源となり、同時に彼女の色気にも繋がるのだ。

きっと和香も、男としての彰の成長を、目を細めて悦んでくれることだろう。彰をシェアして庇護《ひご》してくれる。愛しい男として存在を認めてくれている。淫欲を満たす牡獣としても、満足してくれている。

それ故に和香は、淫らに喘ぎ、熟れたおんなの肢体全てを絡ませて、彰の成長ぶりを堪能するのだ。

「あっ、ああっ！　ンンっ、彰のおち×ちん、最高よっ……！　はぁっ、あぁぁっ！　いっ、いい……っ！　素敵、素敵すぎちゃう……おほぉっ、はひぃっ」

肉悦に明晰な頭脳を翻弄されながら、微熟女は愛する牡を褒めそやす。色香漂うグラマラスな肉体は、すっかり彰の虜になっている。

「ああっ、本当に凄いわっ。気持ちよすぎて狂わされちゃうっ……！　彰のおち×ちん、和香の膣にぴったり嵌まって、まるで、和香のためにあるみたい」

女陰から噴き上がる官能が、そのまま微熟女の身悶えとなって表れている。身も世もなく次から次へと女体が高みへと昇っていく。それを追うように彰の抽送も、絶頂だけを求めて、どんどん速まっていく。

「あっ、んっ！　んあっ！　やだ、もうっ……んっ、んあっ！　イクっ、イクぅ!!」

彰は、和香の腰に両手をかけてぐっと引き付ける。背中が弓ぞりになり、やや下付きの秘園が、よりストレートに灼熱を受け入れた。

「だめっ……あひいっ……そんなの……これ以上感じたら……壊れちゃう」

ストロークの角度を変えることで、先端をさらに奥深くまで到達させる。

「イキ狂ってよ、和香さん」

「ああんっ……和香って……呼び捨てにしてぇ！」

「和香のこの淫乱なエロま×こ、最高です！　このはしたないヌルヌルにギュッて締まる嵌め心地がたまりません！」

どんなに辱《はずかし》められようとも、揶揄《やゆ》する言葉を浴びようとも、むしろ耳から微細な喜悦の泡として流れこみ、燃え盛る女体をさらにふしだらに昇り詰めさせる。

残酷なまでに成熟した肉体を眠らせていた微熟女ゆえに、一たび快楽を解放すると、色情が膨れ上がるのを抑えきれずにいるらしい。しかも、何度満足を与えられようとも、次なる悦びを渇望するようになり、和香の意志など無関係に牡獣に淫らな蜜を振舞ってしまうのだ。

「はううんっ……和香、溶けてしまう……。おま×こも、脳みそも、心まで溶けちゃううぅぅぅ！」

微熟女の片方の脚を肩に担ぎあげ、さらにもう一方の脚を強く抱いて、激しい腰遣いを浴びせかける。かと思うと、今度は抱いていた美脚も肩に担ぎ、大きく持ち上げさせた蜂腰めがけて、力強く突きこむ。

「あひいっ……！　こ、今度は大きいのがきちゃう！　ねえ、イキそうなのっ……はしたなくまたイッてもいい？　彰ぁ」

クチュクチュという湿った破裂音は、極限までオクターブを上げ、微熟女の悲鳴とハーモニーを奏でる。

「我慢できませんか？」

「イキたいっ……。あうぅっ、い、イかせて、お願いよおっ！」

絶頂の大波が引ききらぬうちに、次の絶頂が壁のごとき波濤《はとう》となって襲うのだ。まるで本当に溺れているかのように、美麗な唇をパクパクさせて喘いでいる。

にもかかわらず、さらなる絶頂を貪欲に求め、啼き啜《すす》る和香。官能で濡れた声は、ローレライの水の精の如く彰を惑わせる。

「はぁ……はぁ……お願い……もうダメなの……。和香のカラダ、おかしいの……。彰のおち×ちんでイかせて欲しくて疼いているの……。めちゃくちゃにして欲しいの。和香はもう彰のおち×ちんなしではいられない……。お願い。彰のおち×ちんで……

イかせて！」

「あぁ、和香っ」

欲していた淫らな言葉をあられもなく聞かせてくれる微熟女に、たまらず彰は上体を沈め嬉々として女体をきつく抱きしめた。そのまま腰だけを傲然《ごうぜん》と遣い、極上の蜜壺への出し入れを繰り出した。

リズムにまでバリエーションをつけて、微熟女を翻弄する。再奥部まで貫いた状態で、数秒間の停止。和香には永遠にも思えるだろうクリンチの後で、繰り出す怒濤のラッシュ。狂ったような腰突きを受け、微熟女は何度も「愛してる」と繰り返し、よがり貌を晒した。

舌の裏まで見せて仰け反り、腹の上で暴れる牡獣を悦ばせるためにキュンキュンと健気《けなげ》に膣を締めつける。

（最高だ……和香さんは、やっぱり最高！）

手触りも抜群な成熟した乳房は、美肌に汗を浮かべてしっとりと手に馴染み、餅のように指の間にはみ出した。硬く突起した肉蕾のコリコリした感触が、掌に伝わるのも心地いい。

（いつまでも抱いていたい……けどッ!!）

具合の良過ぎる媚膣が、ついに彰に射精を促した。

何度も抱き続けているお陰で、和香もまた彰と同じタイミングで達するほど肉体を馴染ませている。

快楽の最大曲線は、二人同時に頂点に達しようとしていた。

「あぁぁーッ！　彰っ、彰ぁあっ……わ、和香……ッ！」

白いシーツを握りしめ、朱唇を噛んで仰け反る和香の膣は、絶頂の予兆に襞を戦慄《わなな》かせている。

「あっああ。おま×こ気持ちいいっ。射精《で》そうです。ぐうぅぅ。射精《で》そうっ！」

手に余るほどの豊満な乳房を揉みくちゃにして柔肉を朱色に染めながら、卑猥な律動を繰り返す。

肉茎の芯が痙攣し、下腹の底から熱い快楽の汁がどっと押し寄せる。頭の中で、理性が焼き切れる音がした。

「は……はああぁっ……射精《イ》く、イクぅ……射精《で》るぅっ!!」

まるで尿道が発火したように熱くなる。睾丸がせりあがり、全身に震えるような快感が満ちていく。びくんと女体が引きつった。女壺がぎゅっと引き締まり、膣肉が肉柱に絡みつく。同時に、どくんと肉幹が引きつった。熱い潮流のような牡汁が幹の中心を迸り抜ける。彰は腰をぐっと前に突きだし、分身を根元まで微熟女の蜜壺に埋めた。

「きゃううううぅぅ……あ、熱いのが注がれている。彰の精液で子宮がいっぱいに……。ああん、イッちゃうぅぅっ！　また大きい波が和香を攫《さら》うのぉおおおっ！」

男根がビクンビクンと引きつるたび、微熟女の女体も艶めかしくビクビクンとヒクついている。

「ぐはぁっ！　あぁ、和香あぁぁぁっ！」

彰は震える吐息を漏らしながら、最後のひと搾りまで噴きだす精液を子宮に注ぎこんだ。和香もまた、絶頂の余韻に酔いしれるように、深い溜息を漏らしながら、美麗な女体をベッドに沈めている。

凄まじい官能に頬を赤くしながら、和香は荒い息を吐いて豊かな乳房を上下させている。蓋代わりになっていた肉棒が急速に委縮していくせいで、膣壁の収縮に押し出された孕み汁が、結合部からゴポッと溢れる。

「ああん、零れちゃうぅ……」

蜜壺から糸を引いて零れ落ちる泡液を微熟女は、惜しむようにつぶやいた。それはまるで彰の胤を孕みたい口ぶりだ。

そのふしだらさが愛しくて、彰は自らの唇で、和香の朱唇をねっとりと覆った。

「ああっ……！　彰ぁ……っ、うっ、ふぅうンっ！」

牡液の熱い名残《なごり》と情感を載せた口づけが、和香の理性を蕩かしている。おんなの本能を刺激され魅惑の媚肉が、矮小化した種付け棒をギュウウウッと締めつけた。

「うっ、ああっ!?　和香さん、そんなに締めたら……ううっ！」

抜け落ちる寸前の亀頭部を咥えられ甘い刺激が湧き起こる。「もっと、して！」と誘惑する淫膣に、若牡が息を吹き返すのは当然だった。「孕ませて欲しい！」と、牝の揺籃が求めているのだ。

再び彰が律動を開始させると、寝室中にプーンと立ち込める雄と雌の性臭が、さらに濃厚さを増していくのだった。

2

「はぁ。まいったなあ……。本当に、この家？　田坂《たさか》さんって間違いないよね？」

スマホのナビを利用したので、伝えられた住所にはたどり着くことができた。けれど、そこにある門構えを目にすると、ただでさえ気が重い彰は、さらに腰が引けた。

「これってやばいよね……」

目の前にそびえているのは、明らかに上流階級の豪邸の正面門。閑静な高級住宅地に広い敷地を占め、まるで武家屋敷を思わせるような屋根付きの棟門が、まるで彰を威圧するように鎮座ましましていた。

ご丁寧にもその門柱には、万全のセキュリティを示すように、警備会社のシールが張られている。

門口から覗いても、奥の建物が見えないほどで、文字通り敷居が高く、ヘタレの彰が尻込みするのは当然だった。

余程、梨々花にラインしようかとスマホを取り出したが、未亡人に弱音を吐くのも憚《はばか》られ、思案に暮れている。

「やっぱり僕なんかで、うまくやれるとは思えないよ……」

この家の奥様が、新たに梨々花から紹介された相手の田坂柚希《ゆずき》なのだ。

なんと彼女は老舗《しにせ》料亭の女将《おかみ》であり、それだけでも腰が引けるのに、さらに課せられた課題は、彰には荷が重すぎていた。

「次のお相手は、田坂柚希さんという女性よ。それでね……彼女には、凌辱《りょうじょく》願望があるらしいの。無理やり犯されて辱《はずかし》めを受けたいみたい……。でも、そんなこと頼める相手、そうはいないじゃない。怖い想いもしたくないのだろうし……」

熱い情事の後、まるで甘い寝物語のように梨々花は、そんな話を切り出した。

どうにも歯切れが悪い梨々花の話を順ぐりに聞いてみると、つまり柚希の希望は、彰に襲ってほしいということらしかった。道理で未亡人が説明しにくそうにするわけだ。

加えて、肝心の彰の演技力にも問題があるから、さらに梨々花の口調は覚束《おぼつか》ないものとなっている。

「彰くんって、お人好し過ぎるから……。嘘もつけそうにないものね……」

むろん、それは両者合意の上のプレイであり、本当にレイプを仕掛けるわけではない。けれど、たとえプレイであっても、迫力やリアリティがあってこそ成立するもので、それがなくては陳腐になりかねない。

「やっぱ、ムリですよ。僕、平和主義者ですから」

実際のところ平和主義というよりも、単なる根性なしのヘタレでしかないのだが、フェミニストも自認する彰だけに、暴力的に振舞うなど演技でも難しい。

「でもね。めちゃくちゃに犯されてみたいっていう願望は、私も判らないでもないの。おんなにはない力強さを求めるような感情というか、本能的なものかもしれないわね。

それを満たしてあげるのも悦ばせ屋さんの一つの仕事だと思うわ」

清楚な上に凛とした梨々花のような女性でさえ、自らの内にそんな願望を眠らせているのだと知らされ、少なからず彰は衝撃を受けた。

おんなとはそういう生き物なのだと、教えてくれているのかもしれないが、性の深淵の奥深さに、つくづく彰はまだまだ修行が足りないことを悟ったものだ。

「にしてもですよ。力づくでなんて……」

「彰くんには、全然そんな願望はないの？　このおんなを犯したいとか、ムリやりでもやりたいとか」

あっけらかんと梨々花に問われ、正直、彰は返答に詰まった。

思い返せば、そんな仄暗い感情を誰あろう目の前の未亡人に抱いていたからだ。

「正直に言えばあります。梨々花さんとだったらムリやりにでもって思ってました」

明け透けに白状する彰に、ボッと梨々花が頰を赤らめた。

「もう！　彰くんったら……。でも、そんな感情があるのなら大丈夫よ。きっと柚希さんも彰くんが、〝やりたくなる〟女性だと保証するわ」

そんな梨々花の言葉に、彰のスケベ心が動いた。自分の中の獣が、蠢いたのかもしれない。

「そうねえ。自信がないのなら淫具を持ち込んでみるのはどう？」

「淫具？」

聞き返した彰に、またも梨々花が頬を赤らめた。

「た、たとえば、ほら、縄で縛るとか、バイブとか……」

上品な梨々花の口から、およそ似つかわしくない道具の数々が挙げられていく。時折この未亡人は、その美貌とは裏腹のギャップを見せつけ、彰を驚かせる。

「まさか梨々花さん、そんな道具を使っているとか？」

意地悪く聞き返すと、慌てたように左右に首を振り、恥ずかしげに俯いてしまった。

「なるほどね。淫具か……」

「でも、くれぐれもやり過ぎないように気を付けてね。殴ったりするのもNGよ」

梨々花の忠告通り、興奮のあまり前後の見境をなくしてはならない。かといって手加減しすぎて、ごっこ遊びになるのもまた興ざめだ。その辺の塩梅が、実に難しい。

思案に思案を重ね、一応のシチュエーションは伝えることにした。

昼寝をしている女将を忍び込んでレイプする。それが大まかな筋書きだ。

むろん、いつ忍び込むかも告げている。そうでもなければ、セキュリティ厳重なこの家に忍び込むなど、素人の彰にはムリだったたであろう。

「にしても、やっぱ、断ればよかった。どう考えても僕では力不足だよ」

どうにかこうにか腹をくってここまで来たものの、やはり彰はヘタレであり、いざとなると足がすくむ。

「でもなあ……。せっかくお膳立てしてもっらたのだし……。梨々花さんには、淫具のお試しまでさせてもらっているし……。今更ここで逃げ出すわけにもなぁ」

バッグに忍ばせた責め具のいくつかは、梨々花を相手に予行演習を済ませている。

言い出しっぺの未亡人を淫らな道具で責める愉しさ。被虐美さえ湛えてイキ果てる艶姿には、ひどく興奮させられたものだ。それと同じ官能を、あの美人女将にも味わわせたい。

（そうだった。あの人をこの道具で辱めるのだ……！）

脳裏に焼き付けていた柚希の美貌を呼び起こすことで、ともすれば騒ぎ立てる弱気の虫を抑えつけた。

やや細面《ほそおもて》の滑らかな顎のライン。すっきりと容《かたち》のいい眉毛に涼しげな切れ長の眼。鼻筋は高くキリリと通り、眩い朱色の紅を差した唇は、ふっくらとボリューミーで、官能的ですらある。

絵に書いたような純和風の顔立ちもあり、誰よりも和服姿が似合っていた。

その美貌を拝んだのは、梨々花に柚希の料亭へと連れ出された時だ。

「夜は敷居が高すぎるけど、ランチくらいなら奢《おご》ってあげられるから」

いつまでも煮え切らぬ態度の彰に、未亡人が焚《た》きつけようと画策したものだ。

効果は覿面《てきめん》。遠巻きに眺めるだけでも、三十路半ばの美人女将の妖艶なまでの色気に、彰は時も忘れて見惚れてしまった。だらしなく鼻の下を伸ばす彰に、焚きつけているはずの未亡人が悋気《りんき》を起こし、「憎らしい」と太ももをつねったほどだ。

（あの柚希さんを犯せるのなら……！）

ようやく腹を決めた彰は、普段は被らない野球帽を目深《まぶか》にかぶり直した。地味な服装とマスクもしているから不審者そのもの。けれど、衛生にうるさい今どきでは好都合でありふれた姿だ。

帽子のお陰で頭が引き締まり、勝手口があると教えられていたことを思い出し、そちらの方へと回り込んだ。

3

「ごめんくだ……じゃなかった。不法侵入なのだから挨拶しちゃだめじゃん」

勝手口のドアへ手を伸ばしつつ、つい彰はひとりごとを口にしてしまう。ひどくバクバクいっている心臓の音が、辺りに響いてしまう気さえした。

「ひとまずは落ち着こう。これは柚希さんからのリクエストなんだ。犯罪じゃない。犯罪じゃないけど、レイプするんだ。僕は柚希さんを犯す。そのためには、とにかく落ち着こう……」

自分でも訳の分からない呪文を唱え、二度三度と深呼吸する。お陰で、早鐘のような鼓動も、少しばかり収まった。

思い切って勝手口のドアノブに手をかけると、鍵は掛かっておらず簡単にドアが開く。むろん、彰の来訪が、伝えられているからこその不用心だ。

リアリティは必要にしても、ある程度、舞台を整えてもらわなくては、彰に家宅侵入などできるはずがない。

(大丈夫だよね……。誰もいないよね……)

柚希の他は誰もいない手はずになっている。そうと判っているからこそ、及び腰になりながらも足を踏み入れることができた。

柚希が人妻であり、亭主もちであることは聞いている。そのご主人は、老舗の料亭をさらに大きくしようと、事業を拡大することに夢中で、ほとんど家には寄り付かずにいるそうだ。今日も、新店舗の視察とかで、家を空ける予定らしい。

もっとも、それは表向きの話で、内実は、新店舗同様あちこちにおんなを作り、入り浸《びた》っているらしい。梨々花が柚希をメンバーのひとりとして白羽の矢を立てたのも、そんな女将の事情を知ってのことなのだ。

「よしよし。で、どうする？　そっか、まずは柚希さんを見つけなくちゃ」

乱れていた思考が少しクリアになると、美人女将の姿を求め家探しをはじめる。

けれど、招かれたこともない家であるだけに、間取りさえ知る由《よし》もない。

（こんなに広い家だなんて聞いていないよ……）

時代による風格が沁み込んだ和洋折衷の家屋は、平屋であるにもかかわらず、いくつもの部屋が連なり、うっかりすると迷子にすらなりかねない。かといって、先に柚希に気配を察知されるのも興ざめとなるため、いつの間にか彰は、不審者そのもので、責め具を忍ばせたバッグを抱きしめ、抜き足差し足になっている。

（これじゃあ、本当に空き巣か何かみたいじゃないか……？　いやいや、僕は女将をレイプする目的で忍び込んできたのだから、これでいいんだ！）

すでに彰は、これが演技なのか、本当にレイプを目論《もくろ》んで忍び込んでいるのか、自分でも危うくなっている。

冷静さを失うのはいかにもまずいと、引き返すべきかと逡巡《しゅんじゅん》したその時だった。

一つ向こうの扉の奥から人の気配を感じた。

（おおっ！　柚希さん、みっけ……）

牡獣の本能が彰の脳裏で囁き、途端に背筋がゾクゾクした。

柚希とは、まだ言葉一つ交わしていない。お陰で、ストーカー度の過ぎた変態が、ターゲットの気配を見つけたような気分でいる。

（焦るなよ……。柚希さんに気がつかれないように近づいて、不意を突くんだ！）

そこが柚希の寝室だとあたりをつけ、彰は慎重な足取りで、その扉に近づいていく。

途中、その扉が中を覗けるだけの隙間が開かれていることに気づいた。

（確実に柚希さんの部屋だろうけど、まずは確かめなくちゃ……。違っていたら洒落にもならないからな……）

女将を襲うチャンスを窺う意味もあり、彰はそっと扉の隙間に目を近づけた。

「あっ！」

漏れ出しかけた声を、咄嗟《とっさ》に喉の奥に留められたのは、僥倖《ぎょうこう》と言うしかない。それほどの驚きの光景が目の前に広がっていたのだ。

あろうことか和服姿の柚希が、セミダブルサイズのベッドの上に身を横たえて、自らのカラダを慰めているのだ。

扉の隙間から淫靡な熱風が彰の顔に吹き付けられ、即座に牡が発情させられた。

(う、ウソでしょう？　柚希さん……な、なんて凄いんだ……！)

ムンッと熱帯夜さながらの温湿度の高い淫風だ。熟れきったおんなだけが放つことができるフェロモンたっぷりの牝匂も載せられている。

どんな男もたちどころに悩殺せずにおかない艶声が漏れ聞こえる。そして、何よりも濃紫の着物から魅惑の肉体を覗かせている。

(ああ、柚希さん、物凄くいやらしいカラダをしている。こんなにエロいなんて！)

日本女性らしい小柄な肢体ながら、色っぽくも悩ましい肉付きをしている。

かといって太っている訳ではない。すっきりと年増痩せしていながらも、おんならしい丸みと熟脂肪を適度に載せているのだ。

すべやかにたゆたうような二の腕は、どこまでも繊細でガラス細工のよう。

太ももの付け根近くまで露出した両脚は、むっちりとした肉感を官能的に載せ、人魚のような滑らかさと相まって悩ましいこと甚《はなは》だしい。

首筋やデコルテラインは、華奢《きゃしゃ》でありながら蠱惑的で、その鎖骨《さこつ》などはすぐにでもしゃぶりつきたくなる。

そしてその胸元の美しさ。大きさで言えば、梨々花や和香よりも小ぶりでCカップほどなのだろうが、カラダを横たえてもお椀型《わんがた》のドームが崩れないほどハリに満ちている。それでいて、やわらかくもしっとりとした肌の質感が、見た目にもそれと知れるほど。

(巨乳って訳じゃないけど、触りたくてたまらない気持ちにさせられるおっぱいだ！)

しかも、そのハレーションを起こすほどの新雪白輝の乳膚は、正しく高貴さに満ち溢れ、それでいて頂には、淡い純ピンクの色彩が優美に載せられている。その乳首の上品極まりない愛らしさには、クラクラと眩暈《めまい》がする思いだ。

その絶望的なまでに魅力的な肢体に、彰の瞳孔は限界まで開き、周囲がホワイトアウトした。

(うおおっ！　ゆ、柚希さん……!!)

興奮のあまり、鼻血を噴き上げてしまいそうだ。

シミ一つない眩いばかりの柔肌には、無数の汗を宝石のように散りばめ、妖しいきらめきを瞬かせている。

広い寝室の中央にしつらえられたベッドに、ムチムチと男好きのする肉感的な女体をしどけなく横たえ、息苦しいまでに蠱惑的な美人女将が自慰に耽っている。

（でも、どうしてオナニーなんて……。もしかして、僕に見せつけるため？）

彰が不法侵入してくることを、当然柚希は承知している。その上で、淫らにも自慰をしているのは、彰を挑発するためであろうか。踏ん切りがつかず、グズグズしていた彰を待ちわびる余り、焦らされて自らを慰める行為をはじめてしまったのかもしれない。それもムリからぬほど柚希のカラダは、豊満に熟れ切っている。

「んっ、んっ、んんっ……」

息を詰めて視姦する彰の存在を知ってか知らずか、ふっくらした唇からくぐもった声が漏れ出している。

白魚のような手の一方が、自らのふくらみを包み込んだのだ。

ゆっくりと指先が乳膚に沈んでいくと、悦楽の漣《さざなみ》が波紋を広げるのか、ビクンと女体が震えだす。

（ああ、おんなの人がオナニーするのを生で見られるなんて！　それもこんなに美しい柚希さんのオナニーを……!!）

彰が心を震わせ視姦する間にも、美熟妻のもう一方の手指が、やはりツンと甘勃ちしている乳首を弄んでいく。

「つんん……」

悩ましく小鼻を膨らませながら、ジーンと痺れるような波動を噛みしめる美人女将。ついには、親指と人差し指で乳首をつまみあげ、グリグリとよじりあげてしまった。

「ああダメなのにっ！　なんて、浅ましい真似を……っ！」

小さな掌に美双乳が乳頭ごと揉み潰される。一揉みごとに強弱をつけ、幾種類かの恥悦に耽っているのだろう。

「ふぅっ、あぅ……っく……はんんっ！」

喘ぎともため息ともつかぬ熱い息を吐きだし、やるせない疼きを覚える秘唇に、太ももを擦りつけている。

わずかに左右に流れた乳房を斜め下から寄せるように圧迫し、あるいは押しつけるように捏《こ》ねまわす。熟脂肪が淫靡に歪み、大きく変形するほど、絹肌が欲情の汗にヌメ光る。

しなやかな手指が、繰り返し乳肌に食い込んでは緩める。中指の腹で乳首をなぎ倒し、ふくらみの中へと圧《お》し潰している。

「いやよっ、ああっ、こんな浅ましいこと、いけないのに！　なのにどうして？」

徐々にリズミカルに乳房が揉みしだかれ、その度に、すんなりと伸びた美脚が右へ左へと踊る。踵《かかと》をシーツに擦らせながら、なおも太ももをもじつかせている。

「もうダメなの……アソコがとっても熱いの。あぁん、もう我慢できないぃっ！」

躊躇《ためら》いがちに一方の手が下半身へと運ばれていく。

（ああ、柚希さんが、おま×こを擦るっ!!）

信じられない光景に、彰はごくりと生唾を呑んだ。喉を鳴らすその音が、美人女将に聞えてしまわないかと気が気ではない。

「ああ、いけないのに。ここに触ってしまうと、我慢できなくなるのに……」

中指を中心にした三本の指が、股間の中心に添えられた。立て膝した太ももが、びくんと震える。わずかに触れただけでも、新鮮な淫波が全身に広がるようだ。

細い右の足首に、繊細なレースの施《ほどこ》された濃紺のパンティがまとわりついている。

（ああ、もうパンツも脱いでいるんだあ……）

即座に、蜂腰がビクンと震える。たったそれだけで、新鮮な淫波が生じたのだ。

（あぁ、それじゃあよく見えません。両足をもっと広げてください！）

そんな彰の心の声が、女将にまで届いたのか、細い足首が軽く持ち上げられ、ぐっと膝が折られた。まるで仰向けにされた蛙のように、大きく美脚をくつろげるのだ。

露わになった女性器が空気に触れた。厚ぼったい唇に縁《ふち》どられた割れ目に、彰の視線が釘付けになる。

瀟洒なピンクに色づいた恥唇は、太ももの大股開きにつられ、内部の秘密の一切を曝《さら》している。ぬるりとした汁に花びらが覆われていた。

むろん、どんなに目を凝らしても、その詳細までは見えない。それでも彰の逞しい妄想が視力を補い、美しい女陰の容《かたち》を明瞭にさせている。

「はぁあああ……」

柚希が首筋まで朱に染めて喘いだ。もしかすると、自らの下腹部に注がれる視線に気づいているのか、まるでもっと見てと言わんばかりに、さらに太ももがくつろげられる。

肉花びらをヒクつかせているのは、娼婦でさえも躊躇うような振る舞いに羞恥しているからであろうか。

(さあ、その先を……。オナニーの続きを見せてください！)

無意識に送る彰の圧力に屈するように、柚希の指先が潤った花びらを擦った。なぎ倒された花肉がプルンと揺れ、衝撃的な淫波が一気に女体に押し寄せた。

「ひう……っんん！……あはぁあああああっ」

押し殺されてきた本気の啼き声が、ついに朱唇を割った。言い訳のしようもないほど艶めかしさを含んだ響き。漏らすまいとしていた嬌声がひとたび弾けると、もはや潜めることすらままならなくなったのだろう。続けざまに淫らな声が振舞われる。

（ああ、そのまま挿入《い》れちゃうんですね。柚希さん、おま×こに指を挿入《い》れちゃうんですね……）

美人女将の淫らな自慰姿に魅入られた彰は、我知らず自らの肉塊に手をやり、ズボンの上から擦りあげている。

もどかしくはあったが、強烈に興奮しているため、あっという間に果ててしまいそうだ。

「はおおおおっ……はふうぅぅっ……あああぁ」

ぐぐっと、細い頤が持ちあがった。覗かせた白い首筋からも艶やかにもしっとりした色香が鮮烈に放たれる。

「あ、ああ、どうしよう……。ふううっ、ふううっ……ここに何かを埋めるのも久しぶりなのに……はふううっ……こ、こんなにあそこが悦んでしまうなんて……」

悩ましく吐息をつきながら、独白をする柚希。その指先が、徐々にリズミカルに動きだし、湧き上がる甘美な電流を追っていく。

「ああんんっ！　ふううっ、はっんんっ!!」

待ちわびていた花びらが、あさましくも中指を咥えこんで離さない。

「あぁ……うふぅん……あん、あぁあ～ん!!」

妖しい指使いが、疼く自らの肉壺を荒々しくかき回していく。

じっとしていられない脚先を、しきりにベッドに擦りつけている。窓から挿し込む陽光が、隠し通しておくべき熟女の嬌態をすっかり暴《あば》き出していた。

「あううつ、ぁはああん……っ！」

次々に零れ出している自らの喘ぎさえ、美熟妻の肉体を燃え上がらせる媚薬と化しているようだ。

「ああっ、こんなの……こんなことって……」

時がとまったような空間で、繊細な指だけが規則正しく蠢き、快美な陶酔を汲み取り続けている。細い指先を肉の狭間に埋めては、ぬるついた肉襞がかき回される。いつしか媚肉の空洞を満たす指は二本へと増やされている。ついには、もう一方の鉤状《かぎじょう》に曲げた指先が肉芽へと運ばれた。

「あ、ああ、だめよ、だめなの……そこをいじったら、恥をかいてしまうのに……。ああ、でももう止められないわ」

すでに肉体には、初期絶頂が少なくとも数回、訪れているのは明白だ。その上をいく本格的な絶頂が肉の狭間に兆しているのだろう。

織細な手つきで薄皮を押しさげ、ピンクに充血した女核を露わにする。

「きゃうッ！　うぐっ……っくう……」

わずかに爪の先が芯芽に触れたのだろう。それだけで、とてつもない愉悦に全身を貫かれたのか、柚希の太腿がぶるぶるぶるぶるっと悩ましく震えた。

「あっあぁ……ふうん、くうぅ」

最頂に昇り詰めるまで美人女将の自慰は留まるところを知らない。

クリクリと指先で牝核を嬲る一方で、媚肉に埋められた二本の指が自らの蜜壺をかき毟る。

「あっ、あん、ああん……いいっ、気持ちいいわっ……もうダメッ。イッちゃいそうっ！」

淑女の恥じらいも、老舗料亭の女将のプライドも、人妻の慎みも、全てをかなぐり捨て、柚希はおんなの業を追いかけている。露出させた肌のあちこちから脂汗を飛び散らせ、濃厚なフェロモンを寝室いっぱいに振りまいている。

（イッちゃう？　ウソだっ、あの女将がイッちゃうなんて……っ！）

料亭で忙しく立ち働いていた時の柚希からは、全く想像のつかない淫らな乱れっぷり。淫裂に突き刺した指先が、なおも胎内をかき回し、溢れる淫蜜を白い泡に練り上げる。

「あっ、あああっ、あああんっ。ダメっ、もうダメぇっ！　イクわ。イク、イクぅっ！」

切羽詰まった声が甲高く寝室を劈き、豊麗な女体がベッドの上に美しい弧を描いた。美貌を扇情的なまでに赤く染め、切れ長の瞳を見開き、官能味溢れる唇をわななかせている。

淫らに昇り詰める柚希の姿を視姦しながら、彰も自らの肉棒を激しく揉み上げた。我慢しようにも我慢しきれず、美人女将のイキ貌をうっとりと見つめながら彰もズボンの中に果てていった。

4

昇り詰めたまま持ち上げられていた蜜腰が、力尽きたようにドスンとベッドの上に落ちた。

荒くさせていた柚希の吐息が、徐々に穏やかなものになっていく。やがて、すぅすぅと寝息らしきものが聞こえて来た。

（力尽きて寝てしまったか……。それにしてもエロかったなあ……）

淫ら極まりない迫力のオナニーシーンによる凄まじい興奮に導かれ、挙句、自分までがオナ射精させられてしまうとは、不覚としか言いようがない。

生でおんなの自慰を目撃するのは、はじめてとは言え、ＡＶなどではありふれたシチュエーションだ。にもかかわらず、ここまで興奮させられたのは、ひとえに美熟妻の魅力に他ならない。

（ああ、柚希さんをやっぱ犯したい！　今度は僕のち×ぽをあのエロま×こにぶっ挿して、今みたいなイキ貌にさせたい!!）

完熟に追熟まで重ねて完成された柚希の女体。見た目は清廉《せいれん》でありながら、残酷に過ぎるほど魅力を実らせた牝としての完全体に、彰の下腹部はまたぞろ大きく膨らんでいく。

（やるんだ。いまが柚希さんを犯すチャンスだ！）

彰は、自らの吐精で気持ちの悪いパンツをズボンごとその場に脱ぎ捨て、淫具の詰まったバッグだけを手にして、忍び足で魔性の女体へと近づいた。

くつろげられた前合わせから覗く白い肉房に顔を近づけ、その甘い体臭を嗅ぎ取ると、いきり勃った肉柱が、すぐに犯したいと嘶《いなな》いた。

どうするかと頭で考えるまでもなく、獣欲に導かれるまま、手にしていたバッグをその場に投げ出し、ベッドに横たえられた柚希の女体に覆い被さる。

躊躇なく彰は、その両腕を持ち上げさせ、用意していた縄で首尾よく柚希の手首を拘束《こうそく》した。

寝入りばなで何事が起きたのか判らないといった表情の美人女将。ベッドの上で彰と柚希の視線が数秒間絡み合ってから、「ひっ！」と短い悲鳴が上がった。

続いて吐き出された「いやぁ」っと抗う声を塞ぐため、彰は美熟妻の唇に自らの同じ器官を押し当てた——つもりだった。けれど、やはり相当に舞い上がっていたのだろう。自らのマスクをすっかり忘れていた。慌ててマスクをむしり取り、改めて美人女将の唇を奪った。

「むぐううう……んふん……んんんんんっ」

ベッドの上で暴れはじめる女体。覆いかぶさる彰をはね退《の》けようとしている。けれど、いくら抵抗しようとも所詮、男の力に敵《かな》うものではない。

しかも、両手を拘束されていては、柚希にできることなど、高が知れている。

「大人しくしてください。手荒な真似をしたくはないのです。とはいっても、僕はあなたを犯すのですから、じっとなどしていられないでしょうね」

ドスの利いた声で、そんな台詞《せりふ》を吐く。あらかじめ用意していたわけではない。用意したところで、演技の心得などない彰では、陳腐なものにしかならないはず。ならば、自然と口を突くアドリブの方が、リアリティが増すものと踏んでいた。

「イヤよ。離しなさい。この縄を解いて……」

気丈に声を荒げる柚希に、彰は静かに微笑んだ。

「静かにしろと言ってもムリでしょうね。まあ、そのくらいの声であれば、問題ないでしょう。これだけのお宅では、外に届くはずもありません……」

言いながら彰は、美人女将の足首にも縄を括《くく》りつける。双の足をV字に泣き別れさせるように開かせ、ベッドの端に縛り付けるのだ。

「い、いやぁッ。こんな辱めを……。やめなさい。今ならまだ見逃してあげるから……。そうだ、お金をあげる。だから、お願い。こんなことはやめて。今すぐ縄を解いて！」

足まで縛りつけることは、彰の当初のプランにはないことで、これまた思い付きに過ぎない。けれど、本気で怯《おび》えているような柚希の美貌には、縄の縛《いまし》めがよく似合うと直感したのだ。

「金なんていりませんよ。僕のお目当ては、柚希さん、あなたなのですから」

実際、その想いは強い。金に苦労している彰ではあったが、金なんかより余程美熟妻の方が魅力的だ。

「でも、安心してくださいね。絶対に、柚希さんを痛い目にあわせたりはしませんから。こう見えても僕、フェミニストなのですよ」

両親から「女性にはやさしく」と躾《しつ》けられてきた彰だったが、最近とみにそうしなくてはならないことを梨々花や和香から実地に教わっている。

「フェミニストが聞いて呆《あき》れるわ。こんな風に自由を奪っておいて、ムリヤリおんなを手籠《てご》めにしようとしているくせに。あなたのような卑劣漢にわたしは屈しない」

きっとこちらを睨みつける切れ長の瞳には、さすが老舗料亭の女将と思わせるだけの風格と気丈さが表れている。

たちまちのうちに気圧《けお》されそうになり彰は苦笑した。

ならばとばかりに、そのつんと尖った頤を摘まみ、くいっと上を向かせた。

「さすがは女将さんというべきでしょうか……。いいですね、その気の強さも魅力です。けれど、いつまで僕に屈せずにいられるか見ものです……」

言いながら彰は、背中をベッドに預けている柚希に顔を近づけた。ハッと息を呑むふっくらとした唇に、自らの同じ器官を再び重ねた。

「むふぅぅっ！　な、何するの……むむぅ」

落ち着いたベージュ系のルージュが引かれた蠱惑的な唇を、惜しみなく彰は奪っていく。恋人同士のように鼻と鼻をやさしく擦り合わせるのも忘れない。

「んふっ、んくっ、だ、だめっ……やめ……て……んっ、くふっ、ンンッ！」

逃れようとする美熟妻には、お構いなしに唇を重ねては、ぶちゅるるっと音を立てて口唇を啄み、さらには吸いつけてやる。ぢゅぢゅぢゅっと強く吸うと、力なく朱舌が投げ出され、彰の舌と邂逅《かいこう》する。

ふっくらして生暖かくも官能的な薄舌を自らの舌で絡め捕る。互いの舌を擦りつけては、舌腹を上下の唇に挟み込みしごいていく。

（おおおぉ……。なんてふっくらした唇！　それに凄く甘い……。唇も、舌も、涎も、柚希さんの何もかもが甘い……）

夢中だった。おんなも果実の如く完熟の上に追熟まで重ねると、これほどまでにどこもかしこもが甘くなるものなのだろうか。梨々花や和香の肌や唇も甘く感じたことは確かだが、柚希のそれは、まるで腰が抜け落ちてしまいそうなほどの甘さなのだ。

テクニックも何もない、ただ本能に任せ、唇を奪い、舌を蹂躙《じゅうりん》していく。

（まるで蜜の中に舌を挿《い》れているみたいだ……）

欣喜雀躍《きんきじやくやく》、口腔内をたっぷりと舐《ねぶ》りまわし、甘いエキスの源と思える美熟妻の舌先を丹念に舐めしゃぶる。

なぜ舌がこんなに甘く感じられるのか、どう考えても判らない。けれど、答えなど得られなくとも、彰は夢中でねちょねちょと水音を立て、蜜を採取する蜂のように美人女将の朱舌を貪った。

「んふぅ……んっ、んんっ」

長く唇を塞いでいるせいか、自然と継がれる牝息が艶めかしいものとなっていく。

やがて、苦しい呼吸に酸素を求めた唇が、あえかに開かれる。まるで彰の情熱にほだされたように開かれた唇の隙間に、嬉々として舌先を滑り込ませ、柚希の口腔内を蹂躪した。

「柚希さんの甘い声……。すごく色っぽいのですね。ますますファンになってしまいます」

一度唇を割ることを覚えた彰は、二度三度と柚希の口腔内に舌を侵入させる。尖った舌先で脳底を直接しゃぶると、眉間の裏まで舐められるように感じられるのか、いつしか柚希は「んんんんっ」と呻きながら身を震わせていた。

彰の滑った唇と熱い舌が美熟妻の唇をびしょびしょに濡らし、唾液《だえき》を喉奥へと流し込んでいく。

多量の唾液を呑まされるたび、柚希はカラダが内奥から火照《ほて》ってくるのを感じているはず。梨々花と和香が期せずしてふたりとも、彰の唾液が媚薬であると身をもって教えてくれた。

「彰くんって、すごくキスが上手なのね……。ただでさえ、情熱的にキスをされると燃えてしまうタチだけど、もしかして今までで一番じゃないかしら。だって、ほら、和香は、キスだけでこんなに蕩けているの！」

彰の唾液を啜りながら美人社長は、女体を震わせたものだ。

柚希にも同様の反応が見られないかと、彰はその甘い口腔を舐り倒す。

美人女将の頭蓋に粘着質な水音を響かせ、その脳みそまで舐め尽くすつもりで、執拗に柚希の口腔内で舌先を蠢かせる。

縄で括りつけられている掌が、ぎゅっと握りしめられた。爪先がピリピリと痺れはじめたのかもしれない。だとすると、そろそろ背筋がドロドロと蕩けだし、女陰がジューンと潤みを溢れさせている頃合いだ。

子宮がキュンとわななくのを自覚したのか、柚希の下腹部がもぞもぞと蠢いた。

「こ、腰がぬけちゃうっ……。キスだけでこんなことって……。お、おかしいわ……。あぁ、いやぁ……!!」

見開かれた切れ長の眼が、雄弁にそう語っている。漆黒の瞳がトロンと潤みを帯びるのだ。

嬉々として彰は、口唇愛撫を繰り返す。繊細に口腔中をくすぐり、歯茎やほほ裏を舐め、上顎の裏までほじっていく。

「むふん……ほふぅ……んんっ……。ほうんっ、むむむっ!」

調子に乗り、声帯をこじ開けんばかりに喉奥深くまで舐め啜る。

その激しさは、最早キスの域を越え、口腔を犯している。それでいて、どこまでも甘美に、繊細に責め、美人女将を蕩かそうとしている。

(どうです? 恥骨のあたりがジーンと甘く痺れてきたのではありませんか? ドクンとおま×こから多量の蜜を滴らせていますよね……?)

柚希が下肢を蠢かせる度、ふわんと甘い牝臭が濃厚に漂うのは、恥蜜が女陰を熱く濡らしているからに相違ない。

「ほむん……。ダ、ダメぇ……。はふぅ……唇から、と、溶けちゃうわ……」

このままではまずいと、柚希の頭の中ではアラートがしきりに鳴り響いているはず。

けれど、こうも激しく舌を絡め捕られ、口腔内で掻きまわされると、勝手にぶるぶるっとヒップがわなないてしまうのだ。

(柚希さんは大人だし、人妻だから、これまでにどんなエッチな経験をしてきたのか……。でも、僕は、これまでに味わったことがないディープキッスをお見舞いしますよ!)

さすがの美人女将でも、喉奥をレロレロと舐め上げるようなディープキッスをこれほど長く念入りに受けるのは、はじめてであるはず。しかも、これほど熟れ切ったムチムチ女体なのだから、キスだけで燃え上がっても何ら不思議はない。

「ホント柚希さんの唇、とっても美味しい……。涎なんて、蜜みたいに甘いです!」

ぢゅるるるっと、唾液を啜られながら甘く囁かれ、耳までがムズムズしてくるのだろう。豊満な女体がブルブルッと震えた。

嬉しい反応に、さらに熱い舌先を伸ばし、またしても喉奥をれろんれろんと舐めまわす。

「んふん、おぉぉ……。いやよ、あぁイヤぁぁぁっ!」

熱舌に喉奥を貪られるたび、おんなの情念までもが掘り返されるようで焦燥感に苛まれるのだろう。

柚希が官能に呑まれないように抗う姿は、真に迫っている。というよりも、本気で抗っているのだろう。にもかかわらず、裏切る肉体に被虐の興奮をそそられるのだ。どうしてと、内心に問うても、背筋が蕩け、ジューンと恥ずかしい蜜が次々に溢れ出す。そんな自らを恥じ入り、そしてさらに快感を覚える倒錯感が、柚希の身を焦がしているのだ。

事実、湧き起こる喜悦はカラダをさらに脱力させて、その抵抗も緩《ゆる》んでいく。けれど、このままキスを続けてばかりでは、柚希の官能が飽いてしまう。そろそろ次なる責めを繰り出す頃合いだ。

そう見定めた彰は、後ろ髪を引かれる思いで、ようやく柚希の唇を解放した。

5

「さあ、柚希さんのおま×こを拝ませてもらいますね。御開帳という奴です!」

中年のエロ親父よろしく辱めの言葉を浴びせながら、彰は美熟妻の乱れた着物の裾をゆっくりと捲っていく。

「いやっ! ああ、そんな、御開帳なんてダメよっ。ああ、イヤぁぁぁっ!」

ハッとした表情で、抗いの声を上げる美人女将。大きく裾をまくり上げると、その太ももには、自慰の名残の引き下ろされたパンティが残されていた。

「あぁっ！　想像以上に濃い陰毛なのですね……。なんか、すごくエロいです。ああ、そして、これが柚希さんのおま×こ！」

熟女らしく鬱蒼と茂る恥毛がふっくらとした恥丘を覆っている。その下には、思いのほか、楚々とした女陰がひっそりと佇んでいた。

「可憐な花のようなおま×こですね。凄く綺麗で、可愛らしい」

両脚をV字にくつろげるように縄で拘束されているから、美しい媚華が無残にも露わになっている。

奥の肉襞までしとどに濡れそぼり、妖しく光っているのが丸見えだった。

三十六歳の美熟女の秘苑は、人妻であるおんなのものとは思えないほど上品で容《かたち》も整っている。

「すごい濡れようですね、柚希さん。そんなに僕とのキスがよかったですか？」

「…………」

牡獣にからかわれ、切れ長の眼が気丈にキッと睨みつけてくる。美貌を横に伏せ肩を震わせて、シクシクとむせび泣くことを想像したが、さすがに老舗料亭の女将だけのことはある。

「やっぱり熟しきった人妻だけあって、犯されることを思うと興奮するのですね。だからこんなに濡れているのでしょう？　柚希さん」

なおも睨みながら黙っている柚希の蒼《あお》ざめた貌の凄絶な美しさ。

「僕もこんな上品なおま×こに、このでかい奴を咥え込ませるのが楽しみです……」

見せつけるようにして自らの逸物をしごき上げ、美人女将を犯す瞬間を夢想する。

湧き上がるゾクゾクするような愉悦に、ブルッと体を震わせてから、まだその瞬間には早いと、滾《たぎ》る自らを懸命に抑え込む。

「でも、その前には、準備が必要ですよね……」

すかさず彰は、そのV字にくつろげられた股間に陣取り、しとどに濡れそぼっている女陰に手を伸ばした。

「ああ、イヤよ！　イヤぁっ！」

慌てて腰をのたうたせる美熟妻の太ももの一方を片腕に抱え込み、改めて手指を女陰に運ぶ。

「犯される前の柚希さんのおま×こがどんな構造なのかをね、調べてみます」

うわずった声で言い放つと、柚希の媚肉の合わせ目を摘まみ、くつろげた。

ああッと声をあげた美熟妻だったが、唇をかみしめて顔を横に伏せたまま、もう逆らおうとしない。

けれど、その女体は柚希の意志にかかわらず、わななと震えている。いくら気丈に振舞おうと、狼藉《ろうぜき》者におんなの最奥を押し開かれ、しとどに濡れそぼる様を覗かれるのは、気が狂いそうな思いでいるはず。

その被虐美に彰はごくりと生唾を呑みながら人差し指を淫裂にあてがう。ヌチュッと音がして、指先が熱い媚肉に埋まった。

「はうぅぅっ！」

「おおっ。すごいですねぇ。ここは正直だ」

艶めいた声を上げた柚希をすかさず彰が揶揄する。

(おんなは恥ずかしさの分だけ燃えるって梨々花さんが教えてくれたけど……。あれって誰にでも当てはまるんだ……。感情を揺さぶられると、カラダにも影響が及ぶのだっけ……)

正直、凛とした年増の美人女将が羞恥する姿をイメージできずにいた彰だったが、こうしてみると彼女も普通のおんなと何ら変わりがない。

おんなの羞恥心に年齢など関りがないことも改めて確認した彰は、内心でほくそえみながら、ぬるりと指先を亀裂の下部の肉孔に滑りこませた。

途端に、きゅっと牝孔が収縮し、膣肉が指先に絡みついてくる。

「あああっ！」

指一本では、それほどの刺激は得られないはず。にもかかわらず、ぶるっと女体が震えるのも、与えられる辱めに浸っているからだ。

「締まってますよ、柚希さん。自分でも判るでしょう？　おま×こがぴくぴくしていますよ」

「ああぁ……イヤぁ……」

「嘘をつかなくてもいいですよ……。素直になれば、もっと気持ちよくなれるのですから」

「ホントに……イヤっ！」

ついに、じわりと柚希の瞳に涙がにじんだ。心の中では不埒《ふらち》者を拒絶している。しかし、熟しきったカラダは、鮮烈な刺激の前に反応しつつあるのだ。

「そう強情を張らなくても……。ああ、そうそう。いいものがあるのです。えーっと、ああ、これこれ！」

彰はベッド下に投げ出していた自らのバッグの中を探り、お目当てのアイテムを取り出した。

「まずは、これをおっぱいに……！」

手にしたのは、半球状の透明なソフトカップの外側に、ゴルフボール大のピンクの球体が取り付けられた異様な形状の双つの玩具。そのカップの内側に、彰は手早くローションを垂らしていく。

準備を整えた淫具を、身動きの取れぬ柚希の露わな美乳の上に被《かぶ》せた。

「いやぁっ。何なのこれ？　こんなものを被せないでっ!?」

異様な物体の感触に、美熟妻が女体を激しく震わせる。

肉房の頭頂部から被されたカップには、その内部中央から突き出したシリコン製の何本もの触手が突き出ていて、柚希の乳首をソフトに包んでいる。

「いやよっ。こんな物、外しなさい……！」

ソフトカップは乳房の頭頂部に吸い付く構造になっていて、それを貼りつけられた途端、熟妻は女体をビクリと痙攣させている。

ローションまみれの突起は、まるでいくつもの小さな舌先のようで、乳首を舐められているような感覚らしい。得体の知れぬ道具への恐怖もあるのだが、その妖しい感触に心臓が高鳴るのを禁じ得ずにいられないようだ。

お試しの相手をしてくれた梨々花が、それを証言してくれた。

「そして、これも使いましょうね」

次に手にしたのは、妖しいクリーム。おんなの性感を高めると、高評価を得ている媚薬で、これも試された梨々花が随喜の涙で悶えまくった代物《しろもの》だ。

「そんな怪しげなもの塗《ぬ》ったりしないで！　いやよ。やめて……！」

指先にすくったクリームをまずはチョンと、牝芯にひと塗りしてから、残りを指先ごと女陰に埋め込み、左右の肉壁に擦り込んでいく。ピンクの肉層をしげしげと覗き込みながら、襞の一枚一枚にまで丁寧に塗り付けた。

「ああ、うッ！　あぁ……」

塗りまわす指先に刺激され、貌を背《そむ》けたまま柚希は歯を食いしばり、左右の足の爪先を内側に向ける。

しかし、彰の指は、悠々と淫裂の中から花唇の縁へ、そして再び美人女将の最も敏感な小さな肉尖を巧みにすくい上げ、丁寧にクリームを塗りつけていく。

「ああ、うぅっ、んふぅっ」

覗かせている肌という肌を上気させ、美熟妻は歯をギリギリと喰いしばっている。

「だ、抱くのならさっさと抱けばいいじゃない。犯すのが目的なのでしょう」

辱めを厭《いと》う想いが、吐き捨てるような言葉になったのだろう。けれど、それでいて肉体に異様な熱さと、甘い疼きが徐々に湧き上がり、理性を保つことが危うくなりつつあるようだ。

「犯すだけが目的ではありません。言いましたよね。僕は柚希さんのファンなのです。だからこそ天国に送ってあげたいのですよ」

耳元に息を吹きかけながら、腹に載せた手を腰から深く括《くび》れた脇腹へと這わせる。着物や帯が邪魔しているというのに、柚希はまるで素肌を触られたかの如く、上肢をブルッと震わせた。

「つく……はぁぁあんっ」

呻く声には、微妙に甘さが載せられている。早くもクリームの効果が表れたようだ。未亡人曰《いわ》く、「塗られたクリトリスとおま×こに、異様な熱さと甘い疼きが生じるの。ムズ痒くて欲情しちゃうのよぉ！」

その催淫効果のお陰で、いつも以上に淫らで興奮の一夜を梨々花と過ごすことができた彰は、柚希攻略にもこのクリームを用いようと決めていた。

「では、おっぱいのおもちゃもスイッチＯＮ！」

上機嫌で、乳房に装着した道具のスイッチを入れると、内部のソフトな突起触手が回り出した。外側に着いたピンクの球体にモーターが仕込まれていて、内側の突起を動かすのだ。

たっぷりと垂らしたローションのお陰で触手が擦れようと痛みはない。しかも、そのローションも催淫効果のあるもので、ムズ痒い疼きを生むものだ。

「あはん！　イヤよっ。こ、こんなのっ、だめっ!!　こんないやらしいものを……あはぁ……これイヤっ、止めてぇっ！」

双の乳首が何枚もの舌にぺろぺろ舐めまわされる感覚。しかも、密集したイボイボは、外側が長く内側が短い構造になっていて、乳輪をくすぐるようにあやしながら乳首の側面や乳頭を刺激する優れものだ。

すぐに柚希が悩乱するのもムリはない。

感じる。感じてしまうのだ。それもこんなおぞましい玩具で。自らの淫らさを自問自答しながら美人女将が官能を燃え上がらせていく。

「おおっ。カップの中で柚希さんの乳首凄いことになっています。いやらし過ぎるくらいに勃起してますよ！」

何故に半球状のカップが透明であるのか、薄眼を開けた柚希にもようやく理解できたらしい。責められる乳首を男が視姦するためなのだ。

凄まじい喜悦に、屈辱と羞恥が加わり、女体がぶるぶるとわなないた。腰を痺れさせ、膣奥からは熱い蜜汁を淫らに湧き上がらせている。

「こっちの方もクリームが効いていますよね？」

今度は彰は、人差し指に中指も添えて淫裂に押しつけ、ぐっと女孔の深くにまで挿し入れた。

第二関節まで埋めると、柚希は首を仰け反らせて喜悦の声を上げた。

「あッ、あッ……」

彰は二本の指を肉の構造を調べるように蠢かせる。

痩身がキュッと絞れた。おんなの最奥をまさぐられたことで、媚薬クリームに苛まれていた肉襞が、いっせいに堰を切ったようにざわめきだしたようだ。

「燃え上がるおま×こにズンと感じるのでしょう？　柚希さん」

「ああッ……そ、そんなにしないで……」

「うわああ。物凄く締めつけてきますよ。二本の指を喰い締めて放しませんね」

ドロドロにとろけた女肉が、妖しく指に絡みついてくる。

「どうです？　指なんかより、この太いち×ぽが欲しくなっているんじゃないですか、田坂柚希さん？」

「…………」

フルネームを浴びせかけられ、美熟妻は弱々しくかぶりを振る。

「ふふふ、まだ蕩け足りないようですね。なんなら、もっと催淫クリームを塗ってあげましょうか。挿入《い》れて欲しくてたまらなくなるように」

彰はさらにクリームを指先たっぷりにすくい取った。

「い、いやよ……これ以上されたら、耐えられなくなる」

「耐えられなくなるからいいんじゃないですか、柚希さん」

「そ、そんなことしなくても……お、犯されてあげるから、かんにんして……」

激しく狼狽する柚希を嘲笑しながら、彰は指を沈めた。熱くたぎるおんなの最奥を深く縫って、ゆるゆるとクリームを塗りこんだ。

「ほら、おっぱいの方はもっと強くしましょう。単純な玩具なのに強弱がつけられるのですよ」

美人女将の胸元の頂上で揺れるピンクの球体を強く押すと、内部の回転が不規則な振動に変化する。しかも、彰が押し付けたせいで、カップの空気圧までが変化して肉房を吸引する力が強くなる。それはまるで、大きく開けた口に乳房の頭頂部を吸われているような、たまらない強力バキュームなのだ。

純白の媚乳がひり出される様は、見ているだけでそそられる。

「あぁッ、あッ、い、いやあ……」

すでに柚希の媚肉は催淫クリームに苛まれ、充血しきって蠢いている。そこに、さらにたっぷりと塗り込められた上に、乳首への責めも苛烈さを増しているのだ。

美熟妻が、縄で括られた腕や足首が痛むのも顧みず、細腰をぐいっと跳ね上げて反り返るのも当然だった。

「あ、あッ、たまらないッ……変になっちゃうわ」

「構いません。どんどん変になってください。イキ乱れる姿を晒すのです」

「ああッ、もう耐えられないッ、かんにんして、かんにんッ」

柚希はクリームの強烈な催淫性に弄ばれ、官能美あふれる太腿をブルブルと震わせている。

あまりに頭を激しく振るため、まとめ上げていた雲鬢《うんぴん》がほつれ出し、一種凄絶な被虐美を醸《かも》し出していた。

「いやぁッ！　ああ、おっぱいが、わたしのおっぱいが……。ダメなのにっ……は、んんっ！　お、おま×こも……熱く火照って……あ、あはぁ〜〜っ！」

彰は中指と人差し指を絡めるようにして、またしても牝孔に埋め込んでいる。

クチュクチュと音をたて女壺を掻き回すと、溢れだした蜜汁が、掌にぽたぽたと滴る。

「どうしました？」

にやりと唇をほころばせる彰。陥落寸前《かんらくすんぜん》の美人女将が放つ凄まじい色香が、牡獣の嗜虐性を目覚めさせていた。

「な、なんでも……ない」

「イキそうになったのですよね？」

「ち……違うわ」

慄《おのの》きの眼差しを向けてくる柚希に、彰は図星を突いた。背筋がざわつく。腕や胸板に鳥肌が立つほどの興奮だ。

老舗料亭の美人女将が、それも人妻でもある彼女が、蜜壺に指を突っこまれ、乳房には怪しげな玩具を装着されて、絶頂に達しようとしているのだ。

「ホントのことを教えてください。気持ちいいのですよね？」

指をくねらせ蠢く女肉を刺激する。秘孔がきゅっきゅと引き締まり、膣肉が指先にまとわりついてくる。恐らく、この状態でそそり勃つ男根を突き入れたら、柚希は、あっけなく絶頂に達するだろう。

「……感じて……ない」

「じゃあ、どうしてこんないやらしい音がするのです？」

ぴちゃぴちゃとわざと大きな水音がたつように、指で女壺を攪拌《かくはん》する。媚熟妻の眉根が、切なげにきゅっと寄せられた。

「あああ……知らないわ」

「本当のことを言ってみてはどうです？　ことによれば、これ以上は許してあげてもいいですよ」

「ゆ……許して……くれるの？」

切れ長の瞳には、今にも零れ落ちそうな涙が溢れている。正常な判断ができなくなるほど、昂ぶっているのだろう。

「ええ、ちゃんと認めたら考えてあげてもいいですよ」

言いながら淫壺から指を引き抜き、べとべとに濡れた指先を、淫裂上部の小さな肉突起に重ねる。即座に、美人女将の紅唇から甲高い喜悦の声が漏れた。

「ほおおおおおおぉっ！」

「どうしたのですか？」

「ああ……そこ……」

く。

「そこって、どこですか？」

柚希のクリトリスは、クリームの効果もあってぱんぱんに膨れ上がっている。その雛核を指の腹が触れるか触れないかという繊細なタッチで、掠めるように刺激してい

「やあああああぁ……。あぁ、ダメなの……。本当におかしくなっちゃううぅ」

反射的にまたしても蜂腰が浮き上がる。燃え上がらせた肉体が、絶頂の虚空に向けて駆け上ろうとした刹那、彰は絶妙のタイミングで指先を牝芯から引き離す。

「あううっ。ク……クリ……」

「ほら、どこがいいのか、ちゃんと教えてください」

「クリトリス……気持ち……いい」

神経が焼き切れそうなほどの狂おしい官能が途絶えると、美熟妻の肉体にはやるせない焦燥感に満ちた疼きだけが取り残される。

相変わらず勃起乳首を舐めまわす淫具も、燃え盛る女体を最絶頂まで送るほどの力はない。その証拠に、柚希は、頬を強張《こわば》らせたまま、火照る女体を妖しいまでにくねらせている。

「そんなにクリトリスがいいのですね。おかしくなりそうなくらいに……。うーん。

そうかあ。判りました。じゃあ、これで許してあげます。柚希さんが素直に教えてくれたから……」

言いながら彰は、美熟妻を拘束する足首の縄を緩めはじめた。

「えっ？　あぁ、そんな……」

昇り詰める寸前の女体を放置される恐怖が、柚希の本音を零れさせた。

「そんなって、何がです？　だって許してほしかったのですよね？　何度もやめてと口にしていたのは柚希さんですよ」

彰が惚《とぼ》ける間中も、止めどなく湧き上がる欲情といつまでも満たされぬ焦燥感が、柚希の全身を苛んでいる。ほとんど苦悶にも近い表情を浮かべて、汗に光る美貌を右に左に振り乱すのが、その証だ。

「お願い。意地悪しないで……。もう我慢できないの……」

「我慢できないのなら、どうして欲しいのです、柚希さん？」

美熟妻をとことん堕《お》とすつもりの彰。最後の一言を搾り取ろうと、逞しい自らの肉棒を柚希の内腿に擦り付ける。

「ああ……」

「ああ、じゃありません。太くて硬いのが欲しいのですよね？　奥深くまで挿《い》入れて、子宮を抉って欲しいのでしょう？」

「あ……あ……」

美人女将の眼は虚ろに、彰の肉棒を見つめている。否。その瞳のトロンと潤み切った様子から、焦点を合わせていないのかもしれない。

腰から背筋にかけての甘い痺れ、今にも蕩けてしまいそうな感覚に、柚希の意思はもうそこにはないのだろう。

淫らな牝と化した柚希は、力なくイヤイヤと美貌を左右に振るばかりなのだ。

「あ、ああ……して……お願いだから」

夢遊病者のように、柚希がついに懇願した。

「柚希さん。なにをしてほしいのですか？　それじゃあ判りませんよ」

「もう、もう、犯して……」

「それもさっき聞きました。それだけじゃあだめです。もっと具体的に言ってくれなくちゃ」

切迫したように腰をうねらせはじめた美熟女を見おろし、彰は冷たく言い放った。

「ああ……」

美人女将は、白蛇のように女体をのたうたせながら、嗚咽とともに唇を動かした。

「柚希のおま×こに挿入《い》れて……深くまで……し、子宮を抉って欲しいの……柚希、イキたいの……。疼くおま×こをあなたのおち×ぽでイかせて。お願い!!」

美熟妻は白い内ももにまで蜜汁を滴らせ、まるで催促するかのように腰をうねらせている。太腿の付け根では、おんなの媚肉が生々しく口を開け閉めさせ、彰の肉棒を待ちわびていた。

6

「そうですか。そんなにお願いされては仕方がありません。たっぷりと犯してあげます。僕の精液もたっぷりとおま×こに注ぎますね！」

そう言うと彰は、ゆっくりと柚希の両脚の間に身を割り入れた。

先ほど足の縄を解いたのは、最初から美人女将の尻肉を抱きかかえて、肉棒を突き入れる算段をしていたからだ。

「あぁッ、やっぱりいやぁ……！」

切っ先が媚肉に触れた刹那、犯される甘い哀しみに柚希が身をよじった。

疲労しきった肉体に官能の焔を灯されてもなお、わずかに残されたプライドが凌辱を厭わせるのだろう。

「さすがに、老舗料亭の女将はしぶといですね。でも、もう柚希さんは、許されるチャンスを自ら逃したのですよ！」

引導を渡すように言い放ち、慌てずに脂の載った双の太ももをがっちりと両脇に抱え込む。これで狙いを外されることはない。すでに位置を確かめた秘口へ、再び切っ先を近づけた。

「イヤっ、イヤぁっ！　ああ、ダメよっ、うッ、ううゥッ……」

頭を激しく打ち振って叫ぶ柚希。その癖、肉棹が淫裂に収まらずに、ずるずると裏筋に擦られると、途端に切なげな甘い呻きを零してしまう。

「あはぁっ、そんなところ、おち×ぽで擦らないでっ」

女性器粘膜にしこたま擦りつけられ、ほとんど官能の飽和状態にあった女体がぶるぶるっと震えた。

「ふーん。もう柚希さんは、どんな刺激でもいいから欲しいって感じですね」

彰にしてみれば、肉幹にたっぷりと潤滑油《じゅんかつゆ》をまぶすことが目的だった。にもかかわらず、美熟妻は少し擦り付けただけでも、イキ極めてしまいそうなほど牝を敏感にさせている。

嬉々として彰は、肉柱の先端をわずかに縦渠《たてみぞ》に沈ませた。

上品な肉花びらが亀頭部を包むような形で、肉渠内部に道づれにされていく。

「ああッ」

キリキリと唇をかんで、蜂腰を戦《そよ》がせる柚希。まるで彰を待ちかねていたようであり、切っ先を躱《かわ》そうとするようでもある。抗っているのか悦んでいるのか彰には見分けはつかない。ただ、美熟妻の意志がどうであれ、熱く滾った媚肉はさらに甘く蕩け、夥《おびただ》しい反応を見せ、いきり勃った肉柱を深く吸い込もうとしている。

(柚希さん自身はともかく、おま×こは僕のち×ぽを欲しがっている！)

だが、彰はわずかに先を渠《みぞ》に含ませただけで、再び焦らしにかかる。

「あぁっ、また意地悪を！　うううぅっ……。」

この際、柚希の抵抗の意志を根こそぎ奪い取り、ただひたすら官能と向き合うことに集中させるためだ。

「もっとち×ぽが欲しいですか？　欲しいのなら欲しいと素直にならないと、また焦らされるだけですよ」

「ご、ごめんなさい。欲しい。欲しいです。あなたのおち×ぽ、奥まで挿入《い》れてください。お願いです！」

ついには、敬語さえ使いながら柚希は、灼熱の片鱗だけしか与えられないもどかしさに、譫言《うわごと》のように口走った。

「お、お願いです、もっと……気が、気が変になってしまいます」

美人女将の艶腰が彰を求め、ガクガクと揺すられた。爛《ただ》れきった媚肉が貪欲に絡みつき、わずかしか含まされていないものを奥の方に導こうともがいている。

亀頭部の大半は呑み込ませたもののカリ首までは含ませていない。それでも粘膜で感じ取る感触は極上そのもので、思わず彰は舌を巻いている。

「おふぅっ！　柚希さんのおま×こ、想像以上にいい具合です。吸引力といい粘着性といい、とんだ掘り出しもののようです!!」

うなるように言いながら彰は眼を細め、柚希の太ももの間を覗き込む。グロテスクに血管の浮きだした肉棒が、早く美人女将を貫きたいとドクンドクンと脈打つ始末。

それでも彰は、やせ我慢してそれ以上の挿入を自重する。

それに対し、最早、柚希は半狂乱に近い状態で、啜り啼きを漏らしている。

「あぁ、お願いですから、もっと奥まで……。柚希のおま×こ犯してくださいッ！」

催淫クリームに気も狂わんばかりに苛まれる牝壺。わずかに埋め込まれた肉棹で、早く媚肉を掻き回して欲しいと、美熟妻は恥も外聞もなく求めているのだ。

「犯されているというのに、自分から奥に導こうとするなんて。普段はあんなに澄ましているのに」

冷や水を浴びせるように彰が柚希をからかった。

「あぁっ。そんな意地悪、言っちゃいやです……」

そう泣き叫びながらも、柚希は浅ましい身悶えを止めることができずにいる。

「ああ、ひと思いに……もう、焦らさないでくださいッ」

あれほど気丈に振舞っていた柚希が、浅ましいおねだりを繰り返している。これがあの老舗料亭を切り盛りする女帝なのかと我が目を疑うほどの変わりようだ。

「にしても、このクリームの効果は凄いですね。焦らし続けたら発狂するほどの催淫効果とあったけど、決して誇大広告じゃないみたい」

試し塗りされた梨々花もあっという間に肉欲の牝と化していたが、女傑の誉れ高い柚希が、こうも堪え性なく牝啼きしているのだから大した効き目だ。

「ああん。お願いです。本当に狂っちゃいます……あううッ、後生ですから奥まで貫いてくださいぃぃッ！」

悲愴感さえ漂わせた必死の懇願。総身汗びっしょりの女体も、苦悶にのたうちながら肉のあちこちに痙攣を起こし出した。

「仕方がないですね。それじゃあ奥まで、挿入《い》れちゃいましょう。その代わり、あまりの大きさに音を上げないでくださいね！」

梨々花や和香のお陰で、いまでは自らの分身に絶大な自信を持っている。ことに、三十路にある熟女たちにとって彰の肉柱は、天国へと導いてくれる魔法の道具であるらしい。

（これほど醜く禍々《まがまが》しいち×ぽが魔法の道具だなんておこがましいけど……。柚希さんも悦んでくれそうだから、たっぷりと味わわせてあげますね！）

そんなことを想いニタッと笑った彰は、折り重なった肉襞を切り裂くようにして、一気に奥まで突き入れた。

「ほうううぅ～ッ……！」

おんなを深く串刺しにする感覚に、背筋にぞくぞくするような歓びが駆け上がる。

貫かれる柚希も、強烈な快美感にあられもない歓喜の声を放った。

質量の大きな肉塊が、美人女将の鞘胴を内側から押し広げながら、その先端が子宮口にまで達するのだ。

「んっく……。ひふぅっ、うむむ、ふむぅ」

異様なまでの異物感に、柚希が恐る恐るといった態《てい》で、自らの下腹の方へ眼を向けている。怒張が深く押し入るにつれ、逆にこれが生身の男根とは思えなくなっているのだろう。

けれど、楚々とした女陰がパツパツに口を広げながらも、生々しく咥え込む肉棹が紛れもなく肉の塊と確認して、力なく美熟妻は頭を振った。むろん、確かめるまでもないことで、凄まじい灼熱振りと、若い欲情を伝える熱い鼓動が、カラダの奥から伝わっているはずなのだ。

「ほおおっ……あふぅ、はぁ、はぁ、あぁぁ」

兇器のごとき肉柱を打ち込まれた柚希のカラダは、ほとんど官能の飽和状態にあるらしく、荒々しく息を継ぐばかりで言葉も出ない。

「いかがですか？　僕のち×ぽ、気持ちいいでしょう？　挿入《い》れられただけでイッちゃう人もいるのですよ。でも柚希さんのような高貴な女性は、もう少し、いやらしくされないと燃えないですよね？」

言いながら彰は、未だ柚希の乳首を舐め続けている淫玩具を邪魔とばかりに払いのけた。

寛《くつろ》げられている和服の前合わせをさらにぐいっと開かせてから上体を覆い被せるようにして、熟妻の脇から腕を挿し込み、その双肩を掌で摑み取った。

「あ、あうッ、あああ……」

男に上から圧し掛かられる甘い官能。この世のものとは思えない快美に、柚希はなす術《すべ》もなく喘いでいる。

「思っていた以上に、最高のカラダです。ただ挿入《い》れているだけなのに、僕のち×ぽを締め付けてくる。犯されているのにいやらし過ぎじゃないですか？　柚希さん」

これほどの美貌と悩ましいまでの嬌態を見せつけられては、彰とて興奮せずにはいられない。しかも、すこぶる付きに抱き心地もいいのだ。それでも辛うじて律動を自制していられるのは、幸か不幸か美人女将の自慰行為を視姦して、一度果てているからだった。

「でも、もうそろそろ動かしてみましょうか？　ただでさえ感じまくっている柚希さんがどうなるか見ものです！」

懸命に冷静を保ち、彰は、小刻みな律動を開始させる。一定の速度で媚膣に出し入れさせては、膣天井の小丘も忘れずにあやしてやる。

「あっ、ああ……っ。いやよ、そこ、擦っちゃだめ……。そこを擦られるとおかしくなってしまう……。あぁ、やめてっ。そんなところがいいなんて、今まで知らなかったのに」

なによりも柚希が喘ぐのが、子宮口への愛撫だ。さすがの美熟妻も、その部分が甘い痺れを生み出すことを知らずにいたらしい。

強く嵌めなくとも、新鮮で甘美な感覚が湧き起こるらしく、彰の腕の中で女体がくねまくる。

「あうっ！　ダメなの、そこに出し入れさせないで……あぁ、そこ、そこぉ！」

ついには、求めているとも抗っているとも、どちらにも取れる嬌声を漏らす始末。背筋を駆け抜ける快感電流が強烈過ぎて、喘ぐことを優先しないと頭がおかしくなりそうなのだろう。

「あ……っ、あ……っ、あ……っ、あ……っ」

彰は双眸を血走らせてしきりに生唾を飲み、妖艶な美熟妻が漏らす切れ切れの熱い吐息をうっとりと嗅ぐ。官能の気をたっぷりと含んだ美牝の吐息が、若牡にとって最高の精力剤になることを柚希は知っているのだろうか。汗みずくになってせわしなく喘いでしまい、ただでさえ人並み外れている淫獣の精力をさらに高めてゆくのだ。

「柚希さん、物凄く色っぽい……。それに、なんて具合のいいおま×こでしょう！」

彰が誉めそやすと、それが嬉しいのか、はたまた恥ずかしいのか、さらに肉棒をキューッと締め付けてくる。それも肉柱の付け根と幹の中ほどと、さらにはエラ首のあたりの三段階で、蕩け切った肉が妖しく絡みついては締め付けてくるのだ。

梨々花と和香のお陰で、極上のおんなには慣れてきている牡獣でも、凄まじい興奮と喜悦を禁じ得ない。

居ても立ってもいられずに、彰は容赦ない打ち込みをはじめた。媚肉の感触をじっくりと味わいながら、力強く一回、二回と分身を打ち込んでいく。

にもかかわらず、どうしたことか抜き差しの度、彰は性の渇きを覚えるのだ。

確かに自分は、美熟妻を犯している。けれど、逆に、眼の前で犯されのたうつ柚希に妖しいまでの身悶えを見せつけられているかのようで、焦れたような切ない感覚が込み上げ、盛んに生唾を呑んでいる始末だ。

（な、なんだろうこの感覚……。犯せば犯すほど、もっと欲しくてたまらなくなる！）

そのもどかしさをぶつけるように彰は、艶めかしく喘ぐ唇に吸いついては、上下に揺れ踊る乳房を掌で揉み潰した。

「ほううッ……むふぅ……ふむむッ」

激しくも狂おしく、柚希の喉奥を淫獣は舌先で舐め啜る。下では一段とピッチをあげた腰つきで膣奥を抉り、手では絶えず乳房を荒々しくまさぐる。

若さを暴発させて、激しく美人女将を凌辱するのだ。

「あ、あうッ……あ、あああ、あうッ」

柚希は苦悶に喘いでいる。満足に息もできないに違いない。美貌を紅潮させ、背筋を反り返らせ、双の美脚を突っ張らせるのだ。

「あ……うむ……いッ、いいッ」

ようやく唇を解放して、肉棒を大きく引き抜く。内臓を引っ掻き回されるような凄まじい感覚に、美妻が総身を震わせる。

「いいッ……」

「犯されるのが、そんなにいいのですか？　大した悦びようですね」

冷たい言葉を浴びせられようとも、柚希はぶるぶると四肢を慄かせ、官能の焔《ほむら》に女体の全てを焼き尽くされている。

「あうッ、あ、あん……いいッ」

最早、柚希には、自分が犯されている事実さえ失われているようだ。あるのは、ひたすら気も遠くなるような、めくるめく快美感だけなのだろう。

肉という肉がバラバラになり、骨まで蕩けるような凄絶な快美に身を浸している。

そこでは理性にまつわる何もかもが希薄となり、ただ肉体的な感覚のみが膨大に膨れ上がっていくのだ。

絶望的な官能の渦に呑み込まれ、それに誘われて、柚希が絶頂に昇り詰めようとしているのは明白だった。

「おうッ……ほおおぉッ……」

牝獣さながらの咆哮《ほうこう》をあげ、ググッと艶腰を迫り上げ、両脚をピンと突っ張らせて、柚希がキリキリとのけ反った。

「うふうぅぅ……はおっ！　やぁあ……っ。き、きちゃうっ！」

官能的な媚唇が、短くアクメが兆《きざ》していることを告げた。

「遠慮せずに、イッてください。僕は、大歓迎です！」

ここぞとばかりに彰も猛然とラストスパートを仕掛ける。

再び焦らし、「イキたい！」と柚希に本音を吐かせることも考えたが、これ以上は本当に彼女が壊れてしまいそうで、ストレートに追い込むことにした。

もっと言えば、彰の余命が幾ばくもない自覚もあった。

「おふぅっ！　す、凄い締め付け！　イキたくてうずうずしているのですね？　ほら、イッてください。ほら、ほら、ほらっ！」

さらに抜き挿しのピッチを兇器の名にふさわしい激しいものにギアチェンジする。

子宮口を大きな亀頭部で、ぐちゅっ、ぐちゅっ、と叩く手応え。押し上げる度に、蜜液が豊潤に迸るのは、ジーンとお腹の奥が痺れている証だろう。

「ほぉおおおおおおおッ！　こんなのダメなのに。犯されてイクなんて……。あぁ、許して。本当にイッちゃうっ！」

燃え上がる性感に媚肉の収縮が激しくなると同時に、締め付けもさらに強まる。牡汁を搾り取ろうとする熟妻の本能的反応に、彰は顔を歪めながら突きまくる。

「ああん、ああっ、もう、あああん、だめぇぇ、ああああああぁっ」

暴走する肉体は完全に柚希の理性を離れ、一気に頂点へと向かっていた。

「ああっ、本当にイク、イッちゃう、ああっ、あああああああああああぁっ」

カラダを駆け巡る快感に翻弄され、美人女将は我を忘れて悶え啼く。

叩きつける彰の激しいリズムにワンテンポ遅れ、容《かたち》のいい媚乳が激しく踊り狂う。

「イクっ、イクうううううう」

今日一番の絶叫と同時に、扇情的に柚希は背中を仰け反らせた。

真っ白な足の裏がギュッと縮こまり、尻たぶから太ももにかけてがビクビクと痙攣を起こした。

「あっ、くうっ、ああん、あああぁ～～っ！」

激しい絶頂の発作は何度も襲いかかり、そのたびに柚希は呼吸を詰まらせ、下腹部を波打たせた。

これまでに出していない、高く、獣じみた声が放たれると、むっちりとした太ももを慄《ふる》わせて、肉柱の先端に向けて熱湯のような滴を吹き零すのだ。

「ああ、柚希さん、イッたのですね。でも、一度くらいじゃ満足できませんよね？」

ダウンしかけたところへ、追い打ちの強烈な一撃を見舞う。

「ほうんっ！　やめて、柚希はイッているの……。あぁ、イッているところを突かれるの切ないぃっ……ダメよ、あぁ、ダメぇっ、堪忍《かんにん》してぇ〜〜ッ！」

美熟妻が腰をよじるようにして、かすんだ眼を見開いた。彰の興奮しきった顔で視姦する様子に気づいたようだ。

「もう、許して……あ、ああ、待って……」

制止を求める柚希には構わず、さらに二回、三回と彰は大きくストロークを打ち込んでいく。

「今度は僕の番ですよ、柚希さん。たっぷりと射精《だ》させてもらいます！」

中出しを宣言し、次々に腰を振っていく。

「待って……少し、少し休ませて……ああ、お願いですから待って……！」

「待てません。僕の精を柚希さんの子宮に流し込むまで、待ったはなしです！」

「あ、あああ……子宮になんてダメぇ、またおかしくなっちゃうッ！」

リミッターを外した牡獣の動きに、美熟妻はにわかにうわずった声をあげ、頭を振りたくった。

「あぁ、んぁ……はっ、んんっ！　ほおおおぉっ、ねえ、きちゃうっ‼　二回目がきちゃうのっ！」

たちまちのうちに二度目の絶頂が兆した表情で、美人女将が啼き喘ぐ。昇り詰めたばかりなのに、浅ましい絶頂の接近を告げる劈《つんざ》くような耳鳴りが再び聞こえるのだろう。間髪入れずに、抗い切れぬ甘い浮遊感に襲われている。

疑似《ぎじ》とはいえ、凌辱され、理性を削られ、あまつさえ二度目の絶頂を迎えようとしている。その屈辱感さえも今の柚希には、我が身を燃やす昂ぶりとなっている。

「はぁっ、あ……！　うんン……んんんんんッ‼」

悶えまくる美人女将を視姦しながら、彰は亀頭冠をねっとりと最奥に埋めさせ、これまでになくしつこい振動を送り込む。

「ダメっ、イクわ……。おま×こイクぅぅぅ〜〜っ‼」

熟妻が、はっと息を呑んで意識を霞ませるのが手に取るように判った。何度も何度も背筋を駆け上がる絶頂に、豊麗な女体はびくびく、びくびくと、はしたない痙攣を起こし、迎えている絶頂の大きさを野獣に見せつけてくるのだ。

「ああ、許して、イクのが止まらない……ぅあうぅっ……イクの、またイッちゃう……おおん、ほおおっ、おおおおおおぉ～～っ！」

息つく間もなく、次から次に柚希が昇り詰めていく。はしたなく連続絶頂に総身を強張らせ、激しく震えさせては、ひッ、ひッと喉を絞って、肉という肉に痙攣を走らせている。

その凄まじいイキ様に、ようやく彰の堰も切れた。

「あう、う……うぐうッ」

内臓を絞るような声で呻き啼く美熟妻に、彰はドッと白濁の精を放った。

「んほぉおおっ。熱い！　あぁっ。わたしのおま×こ、呑んでる……。あなたの精液を飲んでる……。あぁ、熱い精子でまたイッちゃううううううぅっ！」

喉を晒すように突き上げられた女体は、グイッと仰け反って動きを止めた。

そのまま十数秒にわたって悩ましい痙攣を披露してから、美人女将はようやくぐったりとベッドに蜜腰を沈ませた。

気だるくも純ピンクの余韻に包まれているのだろう柚希の視界は、ほとんど焦点を合わせていない。

「お、犯されて、イクなんて……。こ、こんな……こんなの、いけないのに……」と、禁忌に紅唇をわななかせながらも恍惚に蕩けている。

おびただしい汗に濡れる乳房から下腹にかけて、ハアハアと激しく波打っている。

夥しい牡汁と共に荒ぶる加虐心まで打ち放った彰は、忘我の淵を彷徨う柚希から離れると、その両腕の縛めを手早く解いた。

第三章　マスクの下の情欲

1

「んんっ……くふっ……うふぅ……あっ、あぁ彰さん……」

またしても柚希の女陰は彰の分身を咥え込み、きゅうきゅうと締め付けている。全裸の媚妻は、今夜は背後から奥深くまで貫かれ、妖しくも奔放に蜜腰をくねくねと揺すらせているのだ。

「今夜も主人は帰ってこないはずですから、このまま泊っても大丈夫ですよ」

美人女将と彰は、真昼間から熱い契《ちぎ》りを結び、その後も誘われるまま、寝室に居座っていた。裸のまま食事を取り、また貪るように肌を重ね、今は夜更け近くであろうか。

あの疑似レイプで肌を交わしてた夜から、柚希のおんなの性は、一気に解放された反動からか、正に奔放と呼ぶにふさわしい迸りを見せていた。

人一倍絶倫を誇る彰の相手を、音を上げることもなく勤めてくれるのだ。

「本来は〝悦ばせ屋〟の僕の方が、柚希さんを満足させなくてはいけないのに……。これじゃあ、逆ですよね」

精嚢が空になるほど牡汁を搾り取ってくれる媚妻に半ば舌を巻きながらも、その淫らな魅力にすっかり彰は心を奪われている。

「そんなことはありません。彰さんは、柚希に、おんなの悦びを思い出させてくれました。それも、こんな年増のおんなを彰さんはこんなに激しく求めてくださるのですもの。きちんとお応えするのも、おんなの嗜《たしな》みです」

しかも、柚希の女体は、完熟のあまり敏感にすぎるほどの感度を示しており、ズンと彰の大砲で子宮口を直撃されるや、すぐに絶頂に打ち上げられてしまう始末。あまりにイキやすいカラダに、柚希自身が、恥ずかしがって可愛らしいくらいだ。

あの老舗料亭の女傑女将が、いまや彰のおんなとして子宮快感に目覚め、凄まじい官能に翻弄されまくりで、白目を剥いて失神することも少なからずあるほど。

ただ、はじめての時以来、疑似レイプを求められることだけはない。

ずっと気に掛かっていたそのことを思い切って彰は、柚希を背後から貫いたまま問うてみた。

「柚希さんって、犯されたい願望があるのですよね？　でもあれ以来、疑似レイプのリクエストがないのはどうしてです？　あの時、僕、やり過ぎましたか？」

思いのほか獣欲を刺激され、いささか度が過ぎたとの自覚があった。それでも柚希が彰をシェアするメンバーに加わることを了承してくれたため、あの凌辱プレイにも満足してくれたものと解釈していた。けれど、あれ以来、アンコールがないことに、少なからず疑念を抱いたのだ。

「やり過ぎなんてことは……。うふぅっ……む、むしろ、とっても興奮して、恥ずかしいくらいイッてしまって……。でも、正直に白状すると、あのリクエストは、わたし自身が踏ん切りをつけるためのものだったのです」

「踏ん切り？」

「そう。梨々花さんからお話を頂いた時、とても心が揺れて……。人妻として守るべき貞淑と、淫らであってもまだおんなでありたいと願う自分との狭間で……」

もどかし気に身悶えしながら意外な告白をする柚希に、彰は少なからず面食らったものの、そのまま静かに耳を傾けた。

「でも、そう容易《たやす》く踏ん切りをつけられるものではなくて……あっ、あぁん……。そ、それで、いっそ力づくで、彰さんのおんなにされようと……」

柚希の言葉に滲む複雑な女心に、なるほどと彰は感心した。

普段は、老舗料亭の女将として凛としたオーラを纏った美熟妻だけに、おんなの矜持があったのだろう。夫への裏切りも、若牡によるレイプであれば仕方がないと、自らに言い訳したかったのかもしれない。

けれど、自身でも長らく放置されていた肉体の飢えが、これほどのモノであったとは気付いていなかったらしい。

熟れ切った女体には、久々のアクメが、さらにおんなの性を切なく疼かせてしまうのだ。

「もちろん、わたしの中に犯されたい願望があるのも確かですし……。結局、柚希は、そういうふしだらなおんななのです」

自嘲気味に本音を漏らしてくれた柚希に、彰はやさしい表情で左右に首を振った。

彰は、多少倒錯してはいるものの、元々自分をシェアするという話自体が倒錯しているのだから、凌辱からはじまる関係もアリかと妙に腑に落ちたのだ。

「そんなことはありません。たとえ淫らであっても、柚希さんは物凄く色っぽくて、綺麗で、それにエロくって。いつも僕、本気で興奮させられています」

言ってるそばから情感が込み上げ、二度三度と熟妻の女陰を軽く捏ねまわす。

「あっ、あぁ……。そんなふうに、とってもやさしいのに、いざとなると柚希を逞しく犯してしまう……。けれど、彰さんが望んでくれるなら、またあなたに犯されたいです」

「ありがとうございます。僕も、絶対にまた柚希さんを犯したいです。もっともっと別の気持ちのいいことも……」

意味ありげに彰が言うと、柚希も頬を紅潮させながらクスクスと笑っている。背後からは表情を窺えないが、あの艶冶《えんや》な表情を浮かべているに違いない。

「もっと別の気持ちのいいことですか？　もうこうして、たっぷりとしているではありませんか。それとも、まだ柚希とし足りないのですか？」

大人可愛く笑う媚妻に、彰は会話を切り上げ、いよいよ本気の腰遣いにシフトチェンジした。

はじめは入り口を掻き回すようにクチュクチュと浅く、そして、半ばほどまでを埋め込んで腰を捏ねさせる。

「ほうううぅっ！」

たまらず牝妻が、ふしだらに喘ぐ。

彰の容《かたち》を覚え込んだ媚肉は、ヌチョヌチョにやわらかくなって、吸い付き加減も、締め付け具合も、はじめての頃よりもさらに熟成度合いが上がっている。

甲高い呻きを上げる柚希を尻目に、さらに腰を突き出して、ずぶりと膣奥に埋め込んだ。

「あうっ！　ああ、そ、そこは……」

切っ先にコリッとした軟骨のような手応え。子宮口に鈴口がぶちゅりと熱烈なキスをしている。

さらに彰は、グイグイと切っ先を押し付ける。

「いやん、もうその先はありません……。そこから先は、あっ、ああっ！」

「柚希さん、イキまないでください。柚希さんの子宮の中に挿入するのですから」

「えっ？　ああ、いけませんっ。子宮になんてそんなっ！」

慌てふためく熟妻を尻目に、切っ先がメリメリッと子宮口をこじ開け、ついにはカポッと亀頭部が嵌まり込んだ。

「あっ、ひっ……んんっ」

子宮内部に挿入された人妻女将は、肩で息をして苦し気でありながらも未知の官能に襲われている。これまで体験したことのない充溢に、女体を痺れさせるのだ。

「うそっ、バックから子宮を犯されている！　子宮が串刺しに……っ」

まるで子宮と亀頭がディープキスをしているような深い交わり。おんなの禁区に半歩踏み入れ、男と女が腰を介して融合する。

彰は腰でゆっくりと螺旋《らせん》を描き、さらに美人女将の子宮を蕩かして、甘やかな交接に務める。やわらかくも滑らかな尻たぶが腰部に擦れるのがひどく心地いい。

「あひん！　もうダメです。子宮が壊れてしまいます……。あっ、あぁ、抜いてください。動かしちゃだめですっ！」

一応は熟妻の訴えに応える素振りで、腰を引かせ、ちゅぽんと子宮口からカリ首を引き抜く。けれど、ひと呼吸の空白の後、ふたたび、ぢゅぼっと切っ先を深く淫らな結びつきを求めて圧《お》し挿入《い》れる。

「ひうんっ、あぁ、だから彰さんの意地悪ぅ……。また、串刺しに……。ううっ、こんなのって！」

女体の最深部に潜らせ、牝女将に空前の悦びを与えていく。被虐的な悦びにも似た官能。苦しくもそれでいて甘やかで、深い痺れるような悦びに、柚希は多量の蜜汁を振舞ってくれる。

恥ずかしいけど、気持ちいいけど、恥ずかしい――そんな無限ループが柚希を苛み、その視界を甘く霞ませている。

やわらかく相手の心内まで見透かすような切れ長の瞳を、いまや凄まじい艶めかしさを湛えて濡れ潤ませているのだ。

「あっ、あああ、柚希っ、こんなセックス知りません……」

完熟のヒップが持ち上がるほど突き上げ、子宮口をノックしては、腰を捏ねさせズルンと子宮に切っ先を嵌め込む。

熟妻が知らないセックスを味わわせている悦びに、彰は心から酔い痴れている。

しかし、そこで状況は一変した。

戻らぬはずの柚希の夫が、深夜になってひょっこり帰ってきたのだ。

「今夜も主人は帰ってこないでしょうから大丈夫です」

そう言って寝所に誘ってくれたのは人妻女将の方だった。

それが夜更け過ぎに家の中で物音がしたかと思うと、そのまま隣の部屋に入る気配がしたのだ。夫婦は別々に床を取るのが日常になっているそうで、つまりは、襖《ふすま》一枚隔てた隣の気配は、彼女の夫のものであるに違いなかった。

下手に慌てて逃げ出すと、物音で勘付かれるかもしれない。

息を殺し、まんじりともせずに彰と柚希は襖の向こうの気配を窺い、じりじりと時を過ごした。

間もなく、夫が寝ついた証の大鼾《いびき》が聞こえた。

「びっくりしたわ……。悪いことはできないものですね……。夫は一度寝ついたら朝までぐっすりという人だから、もう大丈夫です……。でも、これ以上はまずいから彰さん、今のうちに……」

潜めた声で囁く柚希。安堵の息を吐きながら彰に退散を促している。

「やばかったですね。心臓が止まりそうでした」

彰も詰めていた息をゆっくりと吐き出した。

「でも……。なんかスリリングですね……。ねえ柚希さん……このまま！」

にやりと笑いながら彰は、腰をずいと迫《せ》り上げた。

背後から埋め込んだままにしていた分身は、中断があっても力を失っていない。

むしろ相性ばっちりの肉鞘に、性欲がいや増して疼きまくっている。

「えっ？　あん、ダメですっ……隣には夫がいるのですから……ねっ、彰さん、やめてくださいっ……あっ、はんっ……んふぅっ……ん、んんっ！」

血気盛んな突き挿しに、すぐに柚希のおんなが反応を示す。

背後から眺めるとスポーツカーを思わせる優美なラインが、いかにも堪らないといった感じで、クネクネと揺れ踊る。

艶声だけは隣の夫を憚《はばか》り、咄嗟に柚希は、両手で自らの口に当て押さえていた。

「んふぅ……んんっ……っく……ふぅっ、ふぅっ……んんんっ！」

苦しげな息遣いも、彰には悩ましいばかり。清廉貞淑な熟妻の蠱惑的すぎる発情姿に、すぐにも射精してしまいそうなほど興奮している。

けれど、下半身にまで射精衝動が及ばないのは、すでに散々彼女の膣中に放出しているからだ。

「んふぅ……しないでください……ああ、ダメです……夫が隣で寝ているのに……こんなに興奮してしまうなんて……ああっ、ふしだらな柚希を許して……」

美人女将の両脇から腕を通し、釣鐘状に揺れ動いている媚乳を鷲掴む。掌にそっと力を込めれば、ひどくやわらかな物体が自在に容《かたち》を変えてまとわりついてくる。

必死に抗おうとすれば拒絶できる。けれど、柚希の肉体は、若い男の強靭な突き入れに弛緩し、ただひたすら官能を享受していた。

「くふぅ……彰さんは、いけない人です……。ああ、でも、本当にいけないのは、それを判っていて寝室に招き入れた柚希ですね……」

被虐的な官能に、いよいよ肌を敏感にさせている。よほど気持ちがいいのであろう、揉み絞る乳房から、いまにも乳汁が吹き出しそうだ。

「んふっ……ダメなのに……いけないことなのに……淫らな腰振りを止められません……んんっ……っく……あはぁ、奥に擦れて気持ちいい」

熟女らしい腰つきは、最早別の生き物のように、くねくねと前後している。蠕動しながら膣肉に喰い締められ、めくるめく快感を彰も味わった。

「柚希さん……、ああ、お、俺……」

半ば強引に夫から媚妻を寝取る興奮。獣牡の自信に漲り、すっかり彰は男に成長している。その表れが自らの一人称を無意識に〝僕〟から〝俺〟に変えさせたのだ。

「柚希さんっ。柚希〜〜っ！」

美脚の一方を持ち上げ、そのまま膂力《りょりょく》で蜂腰を抱き上げて、クルリと回転させる。あっという間の正常位への移行だった。

正対して柚希に覆いかぶさり、強く腰を抱いてやると、しなやかに媚妻の背がしなり、自然に顔が上向く。

唇を近づけると、四肢を硬直させながらも熟妻は目を閉じた。美貌はこちらを向いたまま背けられることはない。

唇にぽってりとした感触があたる。あえかに開かれた紅唇に舌を挿し込んだ。

「んふぅ、彰さん、いけないのに……。隣で夫が寝ているのですよ……。むふん。柚希は人妻なのに……。あぁ、なのに、なんて甘美な口づけ……ふもん、むむむっ！」

千々に乱れる柚希の想いが、唇を通して彰にも伝わってくる。禁忌の思いに胸を揺さぶられながらも、膣内に深々と挿し込まれた肉棒に全てを委ねてしまうのだ。

「ああん、ずるいですわ、彰さん……。硬く勃起させながら、柚希の舌を吸うなんて……。それも、こんなに巧みなキスを……」

出会った時よりも雄々しく、男らしい振舞いに美熟女は翻弄されている。

「むふうう……ぬふん……ああ、このままでは、柚希、夫の寝ている隣で、恥をかいてしまいます……」

ほとんど啜り啼いているかのように媚妻が囁く。

「イッてください。もう柚希は、俺のおんなです。ご主人に見せつけてやりたいくらいです。さあ、俺の精子を浴びながらイクのです……っ！」

言いながら彰は、恥骨同士を擦りつけていた位置から腰を大きく引き、反転、ずぶんと一気に奥まで押し戻した。

「んんんんんっ……。くふうっ……あっ、あぁっ……耐えられません……。ふしだらな声を思い切り漏らしてしまいそうです……。彰さん、お願いです。もう一度口づけを……。淫らな柚希の唇を塞いでくださいっ！」

求められるまま再び熱く唇を重ねながら、内奥で腰を捏ねまわす。肉勃起をマドラーに見立て、蜜壺を掻き回してやるのだ。

「むむむむーっ……んふぅ……ふぉぉん……」

塞がれた口からくぐもった喘ぎが洩れる。彰は舌を絡め取り、媚妻の声を呑み込むと、腰で円を描き、鈴口を密着させた子宮口にしこたま擦りつける。

おんなの腹がビクンッと短い痙攣を起こした。

またしても子宮を直に犯され、柚希は極彩色の欲情に導かれる。

人妻として、女将として、その仮面を脱ぎ捨てた柚希は、ただひたすらおんなとしてここに存在し、彰の強引なまでの愛を受け入れている。

爛熟の過渡期にある牝が、激しく肢体を求められる悦びにわななき、硬い雄蕊《おしべ》を子宮で絡め取ってくれるのだ。

「彰さん……むふううっ、彰さんっ」

伸びやかな肢体を彰の引き締まった腰に絡みつけ、自らも蜂腰を浮かして若牡の律動を手助けする。

「ぐふうっ……。柚希の淫らな腰つき……。もうイキそうなのですね。ま×こがキュンキュンわなないています」

「むふうぅ……イキそうです……あぁ、柚希恥をかきます……夫が隣で寝てるのに……ああ、本当に柚希、イキそう……っ！」

精子で満タンになった睾丸を蜜まみれの股座にぐいぐい押しつける快感。小刻みに甘く抉るような抜き挿しで、的確に女体の中枢から濃密な快感を汲み取ってやる。

「いいですよ。イッても……。俺も一緒にイキますから……。おんながイクのに合わせるのも悦ばせ屋の仕事です。ちゅちゅちゅちゅちゅっ……ほぅらっ！」

「むふんっ……んむむむむむむぅぅぅ～～っ！」

子宮口に小刻みに擦りつけていた鈴口を一気に引き抜く。

淫らな粘液に覆われた肉柱が露わになり、亀頭エラに溜まった牝蜜が白い泡となって飛び散る。

しばらく夫に放置され、寂しがっていた人妻女将の肉襞が、「行かないで！」とばかりに、勃起にすがりついてくる。

おんなを疼かせるための小刻みな微動を、一気に激しいものに変えた彰の大きなピストン運動。蜜路をしこたまに擦り、肉襞をたっぷりとこそぎ、膣奥をパンパンと叩く。

「むふううっ……ほうううううっ……イクっ……あぁイッてしまう……」

彰の腰に絡みついたしなやかな美脚が、時に引きつけ、時に遠ざけ、若牡の律動の手助けをする。

「んんんんっ……彰さん……イクっ……ううううっ……柚希、イクぅぅぅっ！」

彰の口腔で、美人女将の喘ぎが弾けた。

子宮に重く響き渡る情欲の衝動が、おんなの喉に喜悦を奏でさせている。

「俺の濃厚な子種で溺れさせてあげます。むふううっ……柚希の人妻ま×こで、たっぷりと俺のち×ぽを搾り取って……！」

込み上げる射精衝動に、コントロールを失った彰。イキ極めて緩んでいた膣圧を、柚希は慌ててシーツを握りしめながら、指図通りにむにゅーっと強めてくる。

「ぐおおぉっ！……射精《だ》しますよ。柚希っ！　ちゅちゅちゅちゅっ……柚希のま×こに……むむむむむっ！」

人妻女将の甘い息を吸いながら、ついに彰はきつく結んでいた菊座を一気に解放した。

肉勃起そのものが、猛烈な種付けを求め子宮口に食らいついた。

「ほおぉ……来てくださいっ……柚希のおま×こに彰さんの精子を……くぅぅっ！」

ややもすると、二人ともに隣の部屋で柚希の夫が寝ていることを忘れそうになるのを、必死で唇を重ねて喘ぎを呑みあう。

彰の牡の咆哮を柚希が呑み込み、媚妻の牝の嬌声を彰が塞ぐ。

濃艶に熟妻が昇り詰め、牝本能のままに蜜壺を引き締めた刹那、身動きもままならぬほどみっちりと嵌入《かんにゅう》した牡茎から煮えたぎる劣情を放った。

それも相当に濃厚な樹液を、どくりどくりと子宮に浴びせかけたのだ。

「はあああぁぁ～～っ。すごく濃くて……それにズンッて重たい……。彰さんの精子、どろりとした葛《くず》のよう……」

夫以外の子種を夫の寝ている襖一枚隔てた隣で受け止める。その背徳と罪悪感は、彰の想像の範疇を超えている。

恐る恐る柚希の美貌を覗きこむと、晴れ晴れとした表情がそこにあった。

三十六歳の肉体は愛欲に満たされ、中出しの悦びに打ち震えている。

その艶貌に彰は、熟女悦ばせ屋としての任務を全うできたことを確認して、感無量とばかりに破顔した。

2

「なんだかなあ……。毎日が刺激的過ぎて、あっという間に一日が過ぎていくなあ」

五月も二十日を過ぎると、もう初夏を感じさせる強い陽射しが降り注いでいる。

この時期、いつもであれば体中にエネルギーが漲るはずの彰も、いまは黄色い太陽そのもので、ひたすら眩いことこの上ない。

「いやいや、爺さんでもあるまいし、疲れたなんて言っていられないんだ」

思い直した彰は、太陽に向かい、大きく伸びをした。

「くーっ！」

キャンパス内のベンチに座りコンビニ弁当で昼食を済ませてから、指定されたホテルに向かっている。

これから新たな女性と逢う予定なのだ。もちろん、例によって梨々花の紹介だ。

道すがら彰は、何となくこの数か月を思い返した。

入れ代わり立ち代わり、梨々花、和香、柚希の三人の寝所を訪ねる毎日。三人とも極上の美女であるのだから、彰には何の不満もない。

精力を有り余らせているのをいいことに、まさしく筆先の渇く暇もなく、たっぷりとその肢体を堪能させてもらっている。

しかも、美熟女たちは、互いの存在を承知しているせいか、まるで競い合うように、奔放なまでに積極的に彰を求めてくれるのだ。

つまりはこの上なく、しあわせであり、贅沢すぎる境遇にある。

顎足つきであるだけでも有難いのに、さらには経済的な援助もあって、数か月前までの借金の悩みが、今はウソのように解消されている。

「それを想えば、お姉さまたちは神様みたいな、いやいや、女神様みたいな人たちだよな」

確かに、心身ともに疲れは感じるものの、むしろ、その精力は無尽蔵を誇るかのように旺盛さを増している。それもこれも美熟女たちの魅力によるところが大きい。

「落ち込んでいる時でさえ、やりたくなっちゃうもんなあ……。そりゃ、そうだよ。本来なら、三人が三人とも、僕なんかの相手をしてくれるような女性じゃないのだから。みんな絵に書いたような才色兼備だし、優しくて色っぽくて……あぁっ！」

彼女たちを想うだけで、自然とため息が出てしまう。

見目麗しく情け深く、さらには賢くも色っぽく、時に彰を庇護し、世話を焼き、時に自らの淫らさを恥じながらも、淫らに誘惑してまで牡獣の肉棒をやさしく受け入れてくれる彼女たち。

熟女悦ばせ屋などと、梨々花に乗せられて看板を掲げたものの、その実態は、むしろ彼女たちに悦ばせてもらっているといっても過言ではないほど。

梨々花というおんなは、小柄ながら圧倒的な存在感の持ち主であり、心の中に純粋で透明な太い軸をもっている。

細やかなおんなの情というものを教えてくれると同時に、彰の成長を促すような母性さえ見せつけてくれるのが彼女だ。

和香という女性は、恋だの愛だのと言っているうちは、男と女のことなど判りようがないとばかりに、肉体を重ねることを求めてくる。

洒落た会話や駆け引きなどなくても、男と女はこれだけでいいのだと教えてくれる大人の女性だ。そんな一見クールと受け取れる言動を見せながら、実は誰よりも愛情深くやさしい人でもあるのが和香なのだ。

柚希には、柳のような強さを持った女性とのイメージを抱いている。鋼《はがね》のような剛性の強さではなく、やわらかくも嫋《たお》やかにどこまでもしなるような強さだ。

どんなに脱いでも穢《けが》されても、彼女には犯《おか》されることのない気品が漂う。堕ちてなお神々しい、いや、堕ちてこそ神々しいと感じさせるのが柚希というおんななのだ。

三者三様でありながら、三人共に共通して、彰よりも数段上の人格や品格を備えている。それでいて、やはり三人共に、強固な意志が肉体の快楽によって崩れていく。それも彰の手によって崩されるのではなく、自ら崩れていく感じだ。その危うさが、儚《はかな》くも美しく淫らで、いいのだ。

「梨々花さんといい、和香さんといい、そして柚希さんといい。どうしてあんなに美しくて上品なのに、あんなにエロくなれるのだろう？」

それこそがおんなの神秘であり、熟女の魅力であると、ようやく彰も理解しつつある。

昨夜は、久しぶりに柚希を縄で縛り、その被虐美を堪能しながら陵虐の愉しみを味わった。

「ああ、柚希さ～ん」

縄紐にひり出された柚希の媚乳を思い浮かべただけで、下腹部のあたりが切なく疼き懊悩してしまう。

美人女将の妖しさに惑わされ、倒錯した性交を交わしたくなるのも、柚希の魅力故であろう。

「エッチな玩具とかも、嫌がらずに使わせてくれるものなあ……」

強い刺激を覚えると、さらにエスカレートした刺激が欲しくなる。それは彰ばかりではなく柚希も同じなのだろう。マンネリが続いては、この関係は維持できない。

それは柚希に限らず、梨々花や和香にも言えることで、とにかく彼女たちを悦ばせなくてはとの強迫観念にも似た想いが、常に彰の頭を占めている。

特に性的な関係は、女性の方が大きなリスクを負っている。そのリスクに見合うだけのものを与えなくてはならないと思うのだ。

そしてこの後に逢う予定の女性に対しても、恐らく彰は同じプレッシャーを抱くことになるはずだ。

「多分この人で最後ね。これ以上の人数でキミをシェアしても、なかなか順番が回ってこなくなるでしょう……」

意味ありげに梨々花は笑いながら、次の女性との段取りを話しはじめる。

けれど、和香や柚希の時とは違い、名前もどういう素性の女性であるのかも、明かしてはくれなかった。

「ちょっと、訳アリなの。どういう人かは逢うまでのお楽しみね。もちろん、とっても美人だから期待して……。逢ってすぐにエッチするのもＯＫですって……」

何事もない風を装って説明しながらも、その実、未亡人が嫉妬の炎を燃やしていることを彰は何となく察した。その様子に、自分が梨々花から愛されていることを実感できた。それが何より嬉しい。

それでも未亡人が紹介してくれるのは、彰の成長に必要な何かを持った女性であると判断したからであろう。

「にしても、いつも冷静な梨々花さんが嫉妬するくらいだから、今度の女性もよっぽどの美人なのだろうなあ……」

それも、熟女らしく貞淑に澄ましていながらも、相当にエロい人であることも想像に難《かた》くないのだ。

「なんか考えていたら、ちょっと緊張してきた……。さて、どんな素敵な女性が待ち受けているか」

和香や柚希以上に忙しい人でもあるらしく、今回は事前に顔合わせの機会もなく、逢ってすぐに、そう言う関係を結ぶことになると聞かされている。それだけに、これまでとは違う緊張が彰をナーバスにさせている。

そんな期待と不安がない交ぜとなって、彰の足取りを早めるのだ。

「焦るな。焦るな」と、自らを律しながら、目指すホテルに足を踏み入れた。

3

手配通り、フロントで名前を告げると、部屋のカードキーを渡された。

それを手にエレベータに向かう。

「焦るな。焦るな」と、今一度、呪文のように口の中で呟き、懸命に自らを落ち着かせる。

とはいえ、渡されたカードキーは、目的の部屋がかなり上の階層にあることを示しており、つまりはスイート・ルームもしくはそれに準ずる贅《ぜい》を尽《つ》くした部屋が用意されていることを物語っている。

ただでさえこのホテルは、格式の高いシティホテルであり、またしても彰は場違いなところに呼び込まれたらしい。

「そうだよね。梨々花さんが紹介してくれる女性だもの。和香さんも、柚希さんも僕からしたら天界に住む雲上人みたいな人たちだし、恐らくここで待つ人も、そういうレベルの人なのだろうなあ……」

半ば覚悟し、半ば畏《おそ》れながら彰は、そのドアの前に辿《たど》り着いた。

「えーと。ノックとかするべきかな？」

こぶしを握りかけたところに、扉の横にチャイムのボタンがあることに遅ればせながら気付いた。

「ああ、これを押せばいいか……」

逸る気持ちを懸命に抑え、彰はボタンを押した。

すぐに電子音が、ピンポーンと鳴り響く。

「……」

けれど、しばし待っても、中からの応答がない。

訝《いぶか》しみながら、もう一度ボタンを押しても、やはり返事はなかった。

「んん、留守かな……？」

フロントでは、確か「お連れ様がお待ちです」と告げられたが、あるいは買い物か何かで部屋を空けているのかもしれない。

「もしかして、シャワーでも浴びているとか……」

これから二人で過ごす時間を考えるなら、そんな想像もあながち妄想とは限らない。

実際、彰もこれからこのスイート・ルームで、梨々花お墨付きの美熟女と甘いひと時を過ごすことを期待して、下腹部を甘く疼かせている。

いずれにしても彰は、ルームキーを手にしているのだから、お相手の女性を部屋の中で待てばいいのだ。

そもそもはじめからチャイムを鳴らす必要があったかどうか。

それと気づいた彰は、手の中のカードキーを挿し込み口に入れた。

カチャッと軽い音がして、あっけなく鍵が解除されると、一連の動作で、レバー状のドアノブをぐいっと押し下げ、部屋の扉を開いた。

途端に、広がる室内の光景に彰は目を丸くした。

「はあぁっ！　贅沢な部屋。スイート・ルームってこんなに広いんだ……」

もちろんＴＶなどで、どこぞのリゾートのスイート・ルームを見たことはある。けれど、実際に目の当《まあ》たりにするのは、はじめてだ。

優に百㎡以上ありそうな部屋は、落ちついた雰囲気のインテリアに囲まれたリビングルームとなっている。

いかにも高級そうな応接セットや大画面のテレビはもちろん、別にダイニングテーブルまでが設置されている。

けれど、そこにはベッドが見当たらないから、さらに奥には別室として寝室が配置されているはずなのだ。

「このリビングだけでも、僕の部屋より広いんじゃないかぁ？」

〝スイート・ルーム〟は、英語では suite-room と綴る。この suite は、〈ひと続きの〉という意味であり、「甘い」を意味する sweet とは異なる。つまりは寝室と居室など、二つ以上の部屋がひとまとまりになっているタイプの客室を指しているのだ。

まさしく、いま彰が足を踏み入れたこの客室は、suite-room であり、恐らくは相当にお高い部屋であるはずだ。

「多分、僕のアパートの家賃より、ここの一泊分の宿泊料の方が高そうだ」

大家の梨々花には悪いが、彰の部屋よりも格段に広くゴージャスなのだからそれも当然だろう。

恐る恐る彰は、部屋の中に足を踏み入れ、目の保養とばかりに部屋のあちこちを見回す。

いかにも高級そうなソファは、座り心地もよさそうだ。

六人掛けのダイニングテーブルの上には、ウエルカムのフルーツの盛り合わせが置かれている。

宿泊客がゆったりとくつろげるように、至れり尽くせりに細部まで気配りされているのだ。サービスの本質を垣間見たようで、ただただ彰は感心するばかり。

「でも、なんかムダに広いような……。高級なのは判るけど、かえって落ち着かないかな」

小市民の彰には、貧乏性が沁みついているらしい。その癖、好奇心だけは旺盛で、ベッドルームに続くと思《おぼ》しきドアを見つけると、躊躇なく開け放った。

その途端、目に飛び込んで来た光景に「ぬわあぁぁっ！」と、情けない声を上げてしまった。

どんと幅を利かせているキングサイズのベッドに驚いたわけではない。そのベッドに腰かけている女性の姿に驚いたのだ。

そこに誰かがいるはずがないと油断していたこともあったが、その女性はその顔を口元だけが露出した赤い革のマスクで覆われているのだから、彰ならずとも驚かない方がおかしい。

恐らく彼女は、目まで覆われているため、何も見えないのだろう。彰があげた声の大きさに、彼女もビクンとカラダを震えさせている。

「び、びっくりしたぁ……」

つぶやく彰の心臓は、まだ早鐘を打っている。それも驚きとは別の類の衝撃が加わり、なおもその速さを増していくのだ。同時に、股間がドクンと脈打った。

それもそのはず、顔をマスクで覆われている女性は、ほとんどの肌を覗かせる黒いレースの全身網タイツ姿なのだ。

(なにこれ。ヤバくないっ?)

ようやく混乱していた頭が、冷静さを取り戻していく。

(つまり、今回はこういうプレイってこと……?)

コスプレというべきか、SM的というべきか。いずれにしても倒錯した世界に、またしても彰は足を踏み入れたらしい。

それにしても、その女体の均整の取れた美しさは舌を巻くほど。このプロポーションのよさであれば、プロのモデルと称されても全く疑わない。

スレンダーではあっても、不健康に痩せぎすな訳ではなく、色気を感じさせる適度な肉付きとボン、キュッ、ボンのメリハリを奇跡的に両立させている。

大きすぎず小さすぎずといったサイズの乳房も、やはりモデルのそれのようで、その均整を保つことにも寄与している。それでいて扇情的に映るのは、その女体をキメ細かに覆う透明度の高い白い肌の故であろう。上品なまでに乳白色であり、スベやかに艶光りしているのだ。

腰かけているにもかかわらず、腰高と判るほどの美脚のラインも素晴らしい。

むっちりとした太ももや左右に大きく張り出した腰部だけが、彼女もまた牝が熟れていることを告げている。

いずれにしても、彼女が相当に、いいおんなであることは間違いない。

マスクの下には、極上の美貌が隠されていることも、唯一露出している朱唇が匂わせていた。

4

「えーと。部屋を間違えていませんよね。僕、三上です。三上彰です。僕と今日ここで逢う予定だった女性は、あなたですよね？」

誤ってルームキーを渡されるなどあり得ないことだろうが、あまりにも非現実的なシチュエーションに、どうしても、それを確しかめたくて尋ねた。

真っ赤なマスクがこくりと縦に頷くのを確認して、彰はふらふらと花の蜜に群がる蝶の如く、おんなの側に近づいた。

至近距離にまで彰が顔を寄せたことが、気配で察知されたのか、美女がそのカラダを少しばかりのけ反らせる。

「にしても、なんていうエロい恰好で……。これって僕のために用意してくれたコスチュームなのですか？」

「そ、そうです。彰さまのために、こんなにいやらしい恰好を私……」

美しい声質が、微かな怯えを交えながらそう答えてくれた。

「思いつく限り、目いっぱいいやらしい恰好を……」

そう言えば、そんなリクエストしたのは彰だった。素性を隠して逢う見返りに、彰の指定するどんなコスチュームも身に着けてくれると約束してくれていたのだ。

「緊張で、すっかり忘れていましたけど、これがあなたの思う目いっぱいいやらしい恰好なのですね……？」

そう声をかけると、途端に彼女は落ち着かない様子を見せはじめる。

自発的に選んだのが、この衣装であるが故に、一層羞恥心を刺激されるのだろう。

この刺激的な姿には、彼女のマゾヒスティックな嗜好《しこう》がはっきり現れているのだから、彰としては彼女の攻略法が示されているようでうれしい限りだ。

梨々花の手前、具体的な指定をできなかったが、むしろそれが〝大当たり〟を引いたらしい。

「こんなエロい恰好をしているということは、つまり、この美しいカラダを僕の好きにさせてくれるのでしょう？」

再びこくりと小さく頷く彼女の双の肩に、彰は真正面からそっと両手を載せた。

途端に、ぴくんと女体が震える。やはり彼女も緊張を隠せずにいる。

「えーと。僕はあなたを何と呼べばいいのでしょう。名前くらいは、教えてくれますよね？」

「ふ、史奈《ふみな》と呼んでください」

やわらかな声質が、いまにも消え入りそうに答える。

その声に聞き覚えがある気もするが、それが誰であるのかはっきりとはしない。

「史奈さん。上品ないい名前ですね……。じゃあ、さっそく……」

改めて彰は、その史奈の姿をまじまじと視姦した。

マスク越しの彼女は、自分が品定めされていることに気づいていない。そのはずなのに、その貌を背けるように下方に俯けている。

「すごい姿ですね……。ヤバいくらいエロいのに、こんなに美しいなんて……。僕のためにこれを着てくれたなんて、お礼を言います。ありがとう」

「あ、彰さまに悦んでいただきたくて……それで……。ああっ……」

網々のボディストッキングは、その美しい乳房を捕獲したかのよう。その完璧な丸みを際どくひり出す寸前に、ぴっちりと押し付けるばかりで、ほとんど支えていない。その頂点も、ほぼ隠されておらず、コリコリに尖った乳首も綺麗な薄茶色の乳輪も、ほとんど丸見えになっている。

「恥ずかしくて、恥ずかしくて……顔から火が出そうだけど……。でも、悦んでいただけたのなら……」

「僕を悦ばせたいなら史奈さんの貌も見せて欲しいな」

彰が求めると、慌てたように小さな頭が左右に振られた。

「そ、それはまだ……。それだけは堪忍してください。他の事ならなんでもしますから……」

従順でありながら顔出しだけは拒もうとする史奈。その素性さえ明かさずにいれば、最悪、彰をシェアする話がまとらなかった場合も秘密は守られると考えているのかもしれない。

そこまでしなくても、彰には守秘義務があることは心得ている。

(梨々花さんのお墨付きだってあるはずなのに……)

それだけ彼女が訳アリということなのだろうが、彰を紹介する梨々花までが軽んじられているようで、少し気分を害された。

（いや、いや。短気は損気か。それこそ、ここでへそを曲げては、梨々花さんの顔に泥を塗りかねない）

ならば、史奈を性悦に溺れさせ、その上でマスクを剝がすことを承諾させることが正しい筋道だろう。

（うん。うん。それでこそ熟女悦ばせ屋ってもんだ！）

そう心内に決めた彰は、さっそく史奈攻略に策をめぐらせた。

「だったら、ひとまずそれは後の愉しみに取っておきましょう。じゃあ、どうしようかなあ。まずは僕のち×ぽでもしゃぶってもらいましょうか？」

いいながら彰は、史奈の手を取り、自らの股間へと導いた。かつての彰であれば、会ったばかりの女性に対しこんなこと、躊躇われてとてもできなかったであろうが、いまでは普通にできてしまう。

すると、白魚のような手が躊躇いなく彰の強張りを撫ではじめた。

「うおっ！　それは従順にしてくれるのですね……。おふぅっ。う、上手いじゃないですか……」

細く長い指が、ジーンズの上から分身をやわらかく揉みしだく。その硬さや大きさを探るような手つきがいやらしい。

もう一方の掌がベルトを緩め、前チャックを全開にしてズボンをずり下げていく。丁寧な所作でジーンズを剝かれると、下着を内側からこんもりと盛り上げる肉塊が現れる。

淫らな振る舞いをしている自覚からか、史奈がゴクリと唾液を呑み込んだ。隆々と聳《そび》え立つ肉棒を下着の圧迫から解放しようというのだろう。

「あぁ、すごく硬くて……逞しいのですね。それに、このニオイ……ムラムラしちゃいます」

見えていない分、掌や鼻の感覚が敏感になるらしい。

濃厚で強烈なホルモン臭で鼻孔を満たし、うっとりとした様子でやさしくシコシコと扱《しご》いてくれる。

粘り気の強い液を、白魚のような指にからみつけ、そのヌルつきを利用して、ゆっくりと表皮を引っ張るようにあやしていくのだ。

「うおっ！　ああ、ふっくらとやわらかな手……。こういう手を甘手というのですよね。あぁっ、嘘でしょう。それに吸い付くようにしっとりしていて、最高に気持ちがいいです！」

そっと添えられた手に、ぴくんっと大きく反応を返してやる。史奈のような男に傅《かしず》きたい願望を持つおんなには、その反応が嬉しいのだと判っているからだ。

包皮が完全に反転し、色鮮やかなピンクの亀頭が露出した。さらに、余った皮を亀頭に被せるように手筒が数回上下すると、多量の先走り汁が竿部分にもまぶされて、どんどん滑りがよくなっていく。

「気持ちいいです！　史奈さん、気持ちいいっ‼」

肉皮ごと指の輪がスライドするたび、筋肉質の臀肉をキュッと引き締める。そのたびにドクドクと多量の牡汁を噴《ふ》き零《こぼ》していく。

すると史奈が、さらに前屈みになって彰の股座に顔を寄せ、すぅぅ……とゆっくり鼻から息を吸った。マスクの下では、小鼻がぷくっと膨れているはず。陰茎の先端が、心なしか涼やかになる。

「やっぱり、本物は凄く匂いますね」

「す、すみません。そんなに臭いものを嗅がないでください」

初夏を思わせる日差しに、彰の下腹部は相当に蒸れていたに違いない。新陳代謝の活発な年頃だから、いくら注意していても饐《す》えた匂いを発散させてしまう。

「いえ、そうじゃありません。決して臭いわけじゃなくて、若い男性の匂いがして……。ああ、頭がクラクラしてきます」

なおも史奈は、ゆっくり鼻から息を吸っている。饐えた匂いを大きく吸い込みながらも、その声には明らかな興奮の色を滲ませている。

「エッチな汁で手がヌルヌルです……。このまま舐めてもいいですか？」

筒状に絡み付かせた手に、滲み出た先走りの汁液がねばねばと付着している。視覚は塞がれていても、その感触でカウパー氏線液と理解したのだろう。

躊躇うことなくフェラチオをしようとするあたり、やはり史奈は男に奉仕することで悦びを感じるタイプらしい。

「どこの馬の骨かも判らない僕のものを舐めてくれるのですね。うれしいです！」

込み上げる歓びに分身をぶるるんと嘶かせ、前屈みになった美熟女の唇に鈴口を近づける。

すると史奈は、舌先を尖らせて尿道口に突っ込んできた。

「ああっ……彰さまのおち×ぽ、美味しいです！」

牡獣の昂ぶりが舌先から伝わるのか、女体がぶるぶるっと艶めかしく揺れた。傅く悦びが、少し穢れた味のする我慢汁を美味しく感じさせるのだろう。

「ぐふぅっ。き、気持ちいいですよ。史奈さんの口マ×コ。おわぁ、そ、そんないやらしい舐め方……」

マゾ熟牝が苦し気に鼻を鳴らしながら裏筋に沿って舐め下ろし、睾丸との縫い目をチロチロと舌でくすぐってくる。

「んふっ、ちゅぶ、じゅぶぶ。んふぅん、彰さまのおち×ちん、本当に美味しい。先っぽなんてプリッとしていて、まるでライチの実みたいです。しかも果汁たっぷりで……。ちゅず、んふ、ちゅぞぞぞ……」

「おうぅっ、そ、そんなに吸わないでください」

「ちゅぷん。だって、お汁が溢れてくるのですもの。うふふ、甘苦い。んちゅ、ちゅぷん……。射精《だ》しても構いませんから、我慢なんてしないでくださいね……」

やさしい声とマスクのギャップが、男心をくすぐる。そうとは気づかない史奈は、肉棹を横咥えにして尖端へと、さらに反転し、亀頭だけをちゅぱちゅぱと唇から出し入れさせる。

ほぉ、と満足の溜息を漏らす彰に、今度は焦らすように唇を放し、手淫だけで刺激を加える。

唾を垂らし、滑りをよくした甘手奉仕で、唾液が練られるような淫らな音がスイート・ルームに響き渡る。

たまらず彰は、その手で史奈の顎を優しく摑み、肉柱の方へと誘導する。

咥えて欲しいという要望を行動で伝えると、史奈は口を開けて巨大なイチモツを呑み込んでくれた。

「むふんっ……おち×ぽ大っきい……すごく、美味しいれふ……」

咥え込んだが最後、もう焦らすことなどできないとばかりに、史奈自身の欲望をぶつけるかの如く、ぢゅぽぢゅぽっと音を立て、唇で肉刀を扱き上げてくる。

生暖かい口の中に多量のカウパーの苦みが溢れても、かえって熟女の劣情が募るのか、無意識にもじもじと腰を蠢かせている。

「あぁぁ……」という熱い吐息をたまらず彰は漏らした。

こんなにも早く込み上げてしまうのは久しぶりだ。

射精直前の一回り大きくなった男性器を一気に追い込むべく、マスクを被った史奈が大きく頭をヘッドバンキングさせてくる。

たまらず彰は、史奈をキングサイズのベッドに押し倒した。

「きゃあ！」

短い悲鳴と共に、朱唇から肉棒が零れ落ちた。

委細《いさい》構わず彰は、スレンダー女体をベッドの中央に運ぶと、そのまま寝かしつける。

「史奈さんばかりが味わうのはズルいです！　僕にも舐めさせてください」

言いながら彰は美熟女のマスクの両側に膝を突いて跨がると、再び自らの肉棒を朱唇に咥え込ませる。そのまま女体に覆い被さるようにして、両方の腕を史奈の美脚に巻き付けた。

「ほら、もっと脚を開いてください！」

ぐいっと力づくで美脚を開かせると、空いた空間に首を俯けて頭を押し込む。

「ああ、こういう仕組みになっていたのですね……」

ボディの部分とストッキングの部分がガーターベルトのように連なって、その股座《またぐら》をカバーする網布はないデザインになっている。代わりに極小サイズの股布が、彼女の禁区を際どく覆っていた。

彰への口奉仕をする史奈の股座からは、淫靡にもしとどの媚蜜が垂れ落ちている。それも、お漏らしをしたのかと疑うほどの多量さだ。

はしたなく媚肉から吹きこぼれた淫液が、股布のクロッチ部はおろか、白い太ももにまで垂れ落ちているのだ。

「史奈さんは、濡れやすい体質なのですね……」

一も二もなく彰は、史奈の尻たぶに指を食い込ませ、そのやわらかさを堪能した。

そうでもしなければ、すぐに射精してしまいそうなのだ。

「ほおおぉ！」

途端に淫靡な声で謳《うた》いあげる美熟女に、耳からも興奮を煽られ、彰はへこへこと腰を蠢かせ、魅惑の口マ×コに出し入れさせている。

「まだですよ。まだ射精《だ》しません。史奈さんのま×こを味見するまでは……」

ぐっと歯を喰いしばり、やせ我慢しながら、鼻面《はなづら》を濡れそぼった極小サイズの股布の船底にあて、割れ目の部分を突つきはじめた。濃密なおんなの匂いの源泉に、彰は鼻を擦り付け、振りまかれる淫香を肺いっぱいに吸い込むのだ。

「んんっ！　んんんんっ。あはぁ、いやれふ。はあん、いやぁっ！」

抗うように蜂腰を逃がそうとする史奈。その本音は、邪魔な股布などかなぐり捨てて、直接たっぷりと可愛がって欲しいのだろう。けれど、さすがにそうは言い出せないらしく、切なそうに蜂腰を捩りながら、そのやるせない思いを口腔内にある肉棒にぶつけてくる。

薄い舌をチロッと亀頭部に絡めては、唇を窄ませて吸いつけてくる。

口腔のぬくもりと、ぬるりとした粘膜の快感に、彰の高まりはさらにボルテージを上げた。

「ぐううっ、ふ、史奈さんんっ！」

彰は喉を唸らせながら下半身を揺すらせた。熱い血液がどっと注ぎ込まれ、肉傘が一段と膨れ上がる。それを感じ取った史奈が、頭を突き上げるようにストロークさせ、そそり勃つ昂りに抽送を加える。

「んっ……んむぅっ、くふっ、んむ。けほ、けほ……」

長大な肉棒を喉奥まで呑み込み、苦しそうに噎《む》せている。マスクの下、目じりには涙を浮かべているに違いない。

「じゅるじゅるじゅるっ……！　あああ……美味しい……すごい……。熱くて、堅くて……こんなに大きくて……。れろれろおっ……」

負けじと彰も史奈の股布を片側に寄せずらし、その女淫を露わにさせる。

こんな淫らな格好をしている割に、つんと澄ました清楚な花びら。その縦裂も思いのほか小さく、とても熟女のそれとは思えない。

感動しながらも、込み上げる衝動に居ても立ってもいられず、彰はその淫裂に唇をあてがった。

「いやぁん……！　彰さまぁ、ダメぇ。あぁダメですっ！　こんなにぐしょ濡れのあそこを直接舐めるなんて、いけません……」

恐らく彰の狼藉は、予期されていたはず。それでも美熟女の全身は大きく震えた。

僅かに残された理性が働いたのか、腰を戦《そよ》がせようとしている。けれど、彰がその太ももに両手を巻き付けているため逃れようにも逃れられずにいるのだ。

「ダメぇ……こんなのダメなのに……あぁ、恥ずかしくて、死んじゃいそうです……なのに、あああああぁぁぁっ」

網タイツにメイクされた太ももが、ぶるぶると悶えだした。

最早、じっとなどしていられなくなった蜂腰がぐっとせり上がり、まるで彰の口腔に女性器を押し付けようとでもするかのよう。

極まった艶声に、史奈も感じまくっていることを察知して、ここぞとばかりに舌を盛んに動かした。

「あむむむっ……。史奈さんのま×こもすごいですよ……。こんなにずぶ濡れなのに……まだまだ止めどなく溢れてきます……。じゅじゅじゅじゅじゅっ……」

キングサイズのベッドの中央で、ふたりはシックスナインで互いの性器を舐め合っている。

（これが史奈さんのにおいと味……。すごくエロい……）

青年は、出会ったばかりのおんなの花弁に激しく欲情していた。

結婚をしているのだろうか。子どもを産んでいるのだろうか。そうとは思えないほど美熟女の性器は桜色できれいだ。清楚とさえ感じるのに、ビラビラと敏感な突起は卑猥に感じられる。こんこんと滴り続ける愛蜜の匂いと味に、猛り狂った肉茎がさらに膨張する。

「あむむむっ……。ぢゅぽぢゅぽぢゅぽっ……！　あああ……おち×ぽすごく大きくて固いです……。おほぉぉ、こ、興奮してしまいます……ぶちゅっちゅっ……！」

マスクから突き出された舌が、下品に這い回る。亀頭を、カリを、裏筋を、そして玉袋を、まるで甘いアイスキャンディーをしゃぶるように、うっとりと濃厚に舐め回していくのだ。

「史奈さん……ま×こがヒクヒクしていますよ……。ちゅぱちゅぱっ……じゅるるるるるるっ……！」

負けじと彰も美熟女の花弁を舌で愛撫する。

尖らせた舌先で花びらを上下になぞっては、陰核を激しくバイブレーションする。そのたびに、粘膜がヒクンと収縮する。感じているサインだ。

けれど、最早、彰は限界だった。

「史奈さん、ごめん。僕、もう我慢できません」

情けない声で限界を告げる彰に、やさしい声が返される。

「構いません。すっきりしていいのですよ。そのためにこうしてお口でしてあげているのですから。史奈が飲んでさしあげます……」

そう言った史奈が、口腔粘膜全体でぬるぬると締めつけてくる。右手に茎胴を丹念に摩擦され、左手には睾丸をやさしく揉みほぐされた。

「ううっ！　も、もう射精《で》ちゃいます」

献身的な奉仕に、ついに彰は音をあげた。熱い衝動が背筋を駆けのぼる。頭のなかに閃光が走り、牡のシンボルが溶解するのを感じた。

「射精《イ》きます！　あぁっ、史奈さん……。僕の精子呑んでくださいっ！」

勢いを貯め込んだ精嚢がグッと硬く丸まり、生産過剰な精液を輸精管に送り込んだ。

「ぐおぉぉ、史奈さんっ……!!　ぐはああああああああぁぁぁ！」

熟女の発情フェロモンにも煽られ、深いため息を吐くような長い声と共に、肉棒から大量の白濁液を発射させた。

溜まりに溜まった濃厚な液が盛大に噴きあがり、あっという間に史奈の口腔をいっぱいにさせていく。

「ううっ」

初弾を放った肉塊で、なおもせわしく喉奥を突いた。

射精がまだ終わっていないことを察したらしい史奈が、さらなる吐精を促すべく刺激を与えてくれる。

「あぁっ、ふ、史奈、さぁ〜んっ！」

ビクンと勃起を勢いよく跳ねあげさせ、その度に夥しい量の精子を放出する。

懸命に嚥下《えんげ》する史奈が間に合わないほど、白濁液が口いっぱいに溢れていく。ついに美熟女は、けほけほと噎せながら、咥えていた筒先を吐き出した。

「こんなに、いっぱい溜めていたのですね。彰さま！」

射精発作がおさまるまで史奈が、肉竿をさすり続けてくれる。美熟女らしいやさしさに満ちた介抱が、肉柱に沁《し》みた。

5

しどけなく両足をカエルのように大きく開いたまま、史奈は仰向けのまま荒い呼吸を繰り返している。

彰の鼻先に晒されたままの女陰は、取り残されたやるせなさに苛まれ、トプトプと蜜汁を溢れさせては、まるで軟体動物のように艶めかしく蠢いている。

淫らなその様子を眺めているだけで、萎えていた肉柱がムクムクと復活を遂げていく。

おもむろに彰は、女体の上から体を起こし、未だ残るシャツや下着を全て脱ぎ捨てた。

「史奈さん、挿入《い》れてもいいですよね？」

ゴージャス極まりない我が儘ボディをやさしくひっくり返し、その背後に陣取る。そのまま史奈の股間にガチガチに硬くさせた肉茎を密着させた。

「史奈さんも、これが欲しいのですよね？」

ライチのような亀頭部を媚肉に平行に擦りつけ、濡れ滴る蜜汁を棹部にまで塗りたくる。

「欲しいです。欲しくて堪りません……。あはぁ、先っぽで擦られるだけでもイッてしまいそう……」

マスクに覆われた頭を持ち上げ甲高く啼く声は、まさしく発情した熟女のそれだ。

そのマスクを剝ぎ取ってやりたい。淫らな欲情に紅潮させた牝貌を拝みたい。その衝動に駆られたが、まだその時ではないと自重した。

「おうんっ、おぉっ……。お願いします、彰さま……。早く。史奈のおま×こに、あなたの大きなものを……」

未だ扇情的なボディストッキングに包まれたモデル体型が、キングサイズのベッドの上で雌豹のポーズを取り、若牡の突き入れを待ちわびている。

高々と美尻を持ち上げ、太ももの裏から手を回し、尻肉を自らの手で限界まで開いて、蜜孔への挿入をアピールするのだ。

「それじゃあ、挿《い》れますよ……っ！」

熟女らしい大きな美臀に手を添え、彰は腰を押し進める。

注文をせずとも史奈は自発的に肉棒に手を伸ばし、亀頭位置を微調整してくれる。

「あはぁっ、ようやく……。彰さまが史奈の膣内に……。んっ、んああっ！」

史奈の媚肉は、とろとろの愛液にまみれて熟れていた。エラ首が嵌まっただけで、下腹部から強烈な快感が押し寄せる。逡巡するように腰を動かしてみると史奈が悩ましげに呟いた。

「あぁ、どうぞ、そのまま……焦らさずに奥まで……。史奈の全てを彰さまのモノに……。あっ、ああっ!!　ああああぁぁぁぁ……」

促される通り、思い切ってぐいっと腰を突き出した。ずるずるずるっと肉棹を埋め込むと、高級なチェロを思わせる蜂腰が扇情的にわなないた。同時に、どんな男でもたちどころに発情させてしまいそうな悩ましい嬌声がスイート・ルームのカーテンを震わせる。

「すごいです……。入口はキツキツで、締め付けが強くて……でも、奥に進むにつれやさしく包んでくれて……。史奈さんのおま×こ……すごく気持ちいいです！」

まだ半ばほどまでしか埋めていないのに、驚くほどうねくる肉畔《にくあぜ》が極上品であることを物語る。

小振りの膣口には、これで彰の剛直が挿入できるのかと案じられたが、内部はひどく柔軟な上に、湿潤度合いが半端なく、彰の肉棒もスムースに受け入れてくれる。だからといって緩い訳ではなく、むしろ奥に行くにつれて肉路は狭《せば》まっていく印象だ。

「あっ、ああっ……すごいのぉ……。すごく太くて、固くて、カラダが裂けちゃいそうで……。でもぉ……あはあぁぁぁ……あああああああああっ！」

今にもイキ果てそうな牝声で、甘く官能を謳い上げる史奈。白肌が見る見るうちに純ピンクに染まり、ねっとりとした汗に濡れていく。

「これって、もしかして、わざとやってます？　何度も締め付けて、奥まで吸い込まれそうな動きだ……」

「あふうっ……んっ……。こんなのはじめてです……。挿入《はい》られるだけでこんなに気持ちよくなるなんて……。逢ったばかりなのに、こんなの本当はいけないのに……。史奈は、こんなにふしだらなおんなではなかったはずなのに……。彰さま、信じてください……」

今一つ嚙み合わない会話も史奈が感じている証らしい。

肉棒を埋めたままじっとしているだけで、おんなの肌が細かく震える。

まるで出来立てのプリンさながらに、容《かたち》のよい尻たぶがぶるぶると揺れている。それは釣鐘状に変形した乳房も同様で、ふるふると扇情的に揺れながら、何かが噴き出しそうなほど乳首を尖らせている。

「もっと奥まで、根元まで僕のち×ぽを呑み込ませますよ。ほら、ほら、ほら！」

一時中断させていた挿入を再開させ、付け根まで埋めようと、ずぶずぶっと腰を突き入れる。

途端に、二人の目の前で星が瞬いた。

「あはあああああああぁ～～ッ！」

限界を超えるほど興奮していた彰は、躊躇なく最奥地まで到達させてしまった。ブチュッ、ブチュンッと卑猥な水音が弾ける。

「ぶふぅっ、こ、ここが、史奈さんの最奥……っ！」

美熟女が大きく痙攣し、女体を弓なりに反らせて天井を見上げた。むろん、マスクに遮《さえぎ》られ天井など見えていないはずだが、どちらにしても彼女の視界は官能に溶け崩れ焦点など合わせていないだろう。

「ううううっ。こんな奥にまで……。ここまで挿入されたのは、彰さまがはじめてです。二年ぶりのおち×ちん、凄すぎちゃうぅぅっ！」

図《はか》らずも二年ぶりのセックスと打ち明ける史奈。これほどの女体をよくも二年も放置したものだと、彰ならずとも感心してしまう。

（こんな魅力的な神ボディを持て余すほど欲求不満を貯め込むなんて、もったいないにもほどがあるよ……）

けれど、だからこそ、とろとろに惚けた秘園は、久方ぶりの男性器を貪欲に受け入れてしまうのだろう。

「あっ、あっ、ああ、奥がこんなに気持ちいいこと知りませんでした！　あうぅ、ほおおおぉぉ……っ！」

よほど感じているのだろう。夢遊病者の動きのように史奈が自ら腰をくなくなと動かしはじめる。突然の攻勢に彰は顔を歪ませた。

たまらず体を前に倒し、美しい背中に覆いかぶさるようにして、史奈の肩越しに顔を運ぶ。その気配を察した牝獣が首を捻《ね》じ曲げ、その唇を近づける。

快楽に身を委ねる二つの頭が間近に寄って、吐息が空中で混じった。

「史奈さ……んんっ！」

「彰さ……まぁ」

情感たっぷりに互いの名を呼び合い、唇と唇を合わせる。

すぐに美熟女の舌が彰の口腔内に伸びてくる。その舌を上下の唇でたっぷりと摩擦してから、自らの舌を絡める。

（おま×こがキュウキュウと締めつけてくる！　ち×ぽごと蕩けそうだ……）

長く熱いキスの間中も、史奈は不規則な動きで腰を蠢かせている。膣内はしとどに濡れて、無数の肉ヒダが肉柱をやわらかく包みこんでいる。

（中がトロトロで、モチモチで、ヌルヌルで……なのにざらつきも感じられてっ！）

熱く滾った内部が蠕動して、彰を官能の淵に引きずり込んでいく。蜂腰が動くたび、柔壁は連動してキュウッと窄まり、小さい粒々が絡みついてきた。

（梨々花さんや和香さんも凄かったけれど、史奈さんも凄い！　どうしておま×この中って、こんなに気持ちいいのだろう？　それもそれぞれに個性があって、一種の小

宇宙だ）

蜜孔から味わう快楽に、素直な驚きを隠せない。特にこの史奈の腰遣いには、圧倒されてしまう。彼女自身が、ただただ純粋に肉欲に溺れているからこそ、彰にも快楽が伝播《でんぱ》するのであろうか。

「お腹の中が、彰さまでいっぱいになっています……。はちきれそうなの！」

甘い滴りが滾々《こんこん》と溢れ出て、膣中で彰の我慢汁と混じりあう。白いシーツにポタポタと滴り落ちて、濃厚で淫らなシミを広げている。

「史奈さん、エロすぎます、ヤバいです、ああ、そして最高です！」

この心地よさを端的に表現する言葉が浮かばない。ひたすらうわ言のように、ありふれた単語を吐き出すしかなかった。

「あァン！　彰さまのおち×ちんこそ、すごいですぅ……っ！」

くびれた腰がいやらしく前後に揺れていた。負けじと彰もみっちりと詰まった膣肉を屹立で押し広げる。壁のツブツブが男根を擦りあげてくれる。ぞわぞわするほどの細かい快楽の流れが、一粒ずつの突起から流しこまれるかのようだ。

「膣中が別の生き物みたいに、蠢いています……っ！」

史奈の意志とはなんら関りなく、まるで蜜壺が勝手に蠢動するようだ。敏感な亀頭部を咥え込んで離さない。その先端部から滲むマグマを一滴も取りこぼすまいとするかのように、キュンキュンと収縮を繰り返すのだ。

「エッチなんて主人ともしばらくしていないから……。ンッ、うまくできるか不安でした……。でも、あんッ、こ、こんなに気持ちがいいのですね」

やはり史奈は人妻であるらしい。パートナーがいるのに、二年もご無沙汰であることと自体、独身の彰には理解しがたい。けれど同時に、史奈が二年もの間守り通した貞節を破り、彰に身を委ねていることには感謝と労《いたわ》りの念が湧いた。

「史奈さん。もういいでしょう。僕に史奈さんの顔を見せてくれませんか？」

彰の中には、既に史奈への愛情が芽生えている。惚れっぽいと言われようと、何と言われようとも、史奈のことを好きになっている。

顔を見てもいなくとも、そんな感情が芽生えるものなのだと、我ながらどこか他人事のように感心もしている。けれど、間違いなく燃え上がるこの想いは恋だ。

「僕は、史奈さんに恋しています。本気で好きになりました。だから……」

恋しているから顔が見たい。好きだから知りたい。そのロジックに、おかしなところなど一つもないと彰は確信した。

「いいのですか彰さま。恋しているなんて、そんなことを言っても。知りませんよ。

史奈、本気にしますよ。ああん。いけないのに。心臓がドキドキしています」

彰の純な言葉が史奈のハートを射止めた瞬間、女陰がむぎゅっと肉棒を喰い締めた。おんなはいくつになっても乙女心を失わない。そんな美熟女の乙女心が、切なくキュンと子宮を蠢めかしたのだ。

「おうふっ……。や、ヤバかった。さっき史奈さんのお口に射精《だ》していなければ、果ててしまうところでした……」

「だ、だって、彰さまが史奈を悦ばせてしまうから……。ああ、史奈も高まってしまって……」

いかにもイキ極めてしまいそうな口ぶり。実際に、絶頂が目の前に迫っているのだろう。ならば余計に、史奈の顔を拝みたい。彼女のイキ貌を目に焼き付けたくて仕方がない。

「マスク、外してもいいですよね？」

「彰さまこそ、いいのですよね。後戻りできなくなっても……」

「構いません。僕は史奈のことを愛しはじめていますから」

ついに判りましたと頷く史奈。マスクの後頭部で縛られている二本の紐を彰はしっかり握りしめ、つーっと左右に引っ張った。

6

結び目を解き、編み込まれた紐を緩め、マスクを上方向に剥いていく。

大人しくされるがままでいた史奈が「ああっ……」と恥じらいの声を漏らした。

その美貌を見たくて彰は肉棒を引き抜くと、四つん這いでいる史奈の女体をやさしくこちら向きにした。

仰向けに横たえられたゴージャスボディ。そしてそこには、汗まみれになり、はにかむような表情を浮かべてこちらを見つめるおんなの貌があった。絶世と呼べるほどの美貌には、けれど確かに見覚えがある。

驚きのあまり彰は「足立《あだち》史奈……」と、ついその名を呼び捨てにつぶやいた。

見覚えがあるのも当然。彼女は、新進気鋭の女性市議会議員なのだ。

四年前に二十六歳と年若くして議員に当選したのは、父の地盤を継いだこともさることながら、そのルックスに拠《よ》るところが大きい。マスコミからも、美し過ぎる市議会議員ともてはやされる彼女なのだ。

そんな史奈が、何ゆえに彰ごときをシェアしようと考えたのか、全く理解不能だ。

ひとつだけ納得がいったのは、単なるプレイではなく、史奈が絶大なる人気を誇る美人市議会議員であるが故、このマスクに顔を隠していたのだ。

「驚きました。マスクの下に、こんなに美しい貌が隠されていたのですね。それもひどく紅潮していて悩ましいことこの上ない」

内心の思いを封じ込め、彰はそっと囁き、その朱唇に口づけをした。胸板にあたる乳房の弾力が心地よい。

手を運び、硬く熟した乳首の突起を指先で摘まむと、弄ぶようにすり潰す。

「んんんっ」

彰の口腔に美人議員の喘ぎが弾けた。

長い両脚がすっと左右に開かれたのは、再び交合を求めてのものだ。

すかさず彰は、その逞しい腰を膝と膝の隙間に運ぶと、いきり勃った肉棒を女陰へと埋め戻した。

「ほおおおっ！」

歓喜とも安堵とも取れる喘ぎが、ぽってりとした唇から零れ落ちる。

キスしたままの小鼻が愛らしく拡がり、扇情的な眺めを助長する。

長い睫毛がかすかに揺れ、瞳を開けた。黒い瞳はしっとり濡れ、さながら黒曜石のように輝きを増し、ふっくらした頬もさらに赤味を増している。TVの中で見ていたキリリとした顔が、妖しい色香を帯びて官能に歪んでいる。

「あん、彰さま、うれしいです……っ！　んあっ、逞しいおち×ちんが、さっきと違うところを擦っています……っ」

再びの挿入に、またしても史奈は自ら腰を揺すりはじめる。密着した互いの粘膜同士がグチュグチュと擦れる。

素性を明かしてもなお〝彰さま〟と呼んでくれる史奈。これがあの気丈な美人議員の姿であるとはとても信じられない。

政治の世界で権力闘争を繰り広げているはずの彼女は、この秋には市長選への出馬も噂されている。恐らく、若くして日常的に「先生」と呼ばれている史奈は、これまでずっと被虐的な性的嗜好を眠らせることを強《し》いられてきたのだろう。

それが彰をシェアすることで解放され、これほどまでに乱れているのだ。

「んッ！　ああっ！　はぁんっ！　大きい、大きいですぅっ！」

男根全体を丸呑みした膣中は柔軟に形を変え、怒張にぴったりと寄り添っている。

壁一面の小さなツブツブが、キスをするように吸引し、きゅんきゅんと張り付いてくる。

「あああああっ！　はああっ、ううう……！」

両手を史奈の美貌の横に置き、大きく腰を退かせてから、空中に漂わせていた臀部を勢いよく振り下ろした。

猥褻《わいせつ》極まりない特大の挿入音と喘ぎ声がスイート・ルームに木霊《こだま》する。より攻めた角度での挿入は、加速を伴って柔壁を抉るように切り開く。

「んふぅ……すごいです。お腹のなかを、抉られているみたいです」

長らく訪れる者もいなかった媚女の熟壺を野太い傘頭で耕していく。ほぐされる膣襞が快喜に痺れ、ジワッと蜜を滲ませた。

「んん〜〜ふ……ふぅぅ」

それでも史奈は、呼吸を深くして官能をやり過ごす。すっかり紅潮した美貌は、もういつ絶頂してもおかしくないほど高まり切っているように映る。

けれど、リズミカルに抽送を繰り返しても、それ以上の反応が得られない。

「どうやら史奈さんは、激しいのがお好みのようですね。もっと荒々しくしないと燃えないたちなのでしょう？」

やはり史奈にはマゾの気質があるようで、やさしく愛してやるだけではもの足りないらしい。それと見抜いた彰は、やおら媚熟女の両脚を肩に担ぎあげると、グイッと一気に奥底まで貫いた。互いの性器が密着し、陰毛がからみつく。

「あぁあぁっ……また、そんな奥までっ……。あはぁ、ぁあっ、そんなに子宮を突かないでください」

自慢の剛直は、夫では味わえないであろう驚異的な充溢感を与えるはず。実際、その存在感に圧倒されながらも、ぬめる粘膜は美味しそうに肉棒を咥え込んでいる。

「ご主人はこんな風にしてくれなかったのですか？　だから物足りなかったのでしょうね」

「あぁ、あの人のことは言わないでください……。主人のものとは、まるで違い過ぎて……」

ハッとした表情で口を噤《つぐ》む史奈。無意識のうちに夫と比較してしまった自分を浅ましいと自覚したのだろう。

けれど、割れ目をこじ開けられる感覚や、内臓が押し上げられるような圧迫感など、史奈が記憶している刺激とは比較にもならないらしい。その反応から夫とのセックスがいかほどのものであったかが窺え、密かに彰は優越感に浸った。

亀頭の先端が膣奥まで到達するたび、蜜腰がのたうち、頭を振って身悶えているのだ。

「まったく、ご主人以外の男に抱かれて、こんなに感じているなんて……」

「やぁ……それは言わないでください」

「とんだ淫乱ですねっ！」

「あひぃいっ！　ち、ちがっ……んぅう！」

否定しようとする人妻議員を尻目に、彰は無遠慮に、力強いストロークで腰を振り立てる。

もしかすると史奈の夫は、彼女を大切に扱っていたのかもしれない。やさしい愛撫や気遣った緩やかな抽送に終始したのかも。けれど、それがむしろ史奈には物足りないと感じさせ、自然、反応も薄いモノとなったのだろう。

おんながマグロ状態だと当然、男も萎える。ことによると反応の薄い妻のことを、セックスが好きではないと思い込んだのかもしれない。

そんなすれ違いが徐々に夫婦の間に溝を作り、やがてセックスレスとなったのだ。

むろん、それは彰の推測とさえ呼べない勝手な憶測に過ぎない。けれど、彰はそれこそが真実と信じ込んだ。

その上で本能という名の衝動に従い、とにかく貪欲に、獣の如く腰を振ることを選択した。

「ああ、それ好きっ！　はん、あっ、あぁ……!!」

「激しくされるのが、そんなにいいのですか？　さっき以上に僕のち×ぽを喰い締めてきますよ」

「あううぅっ。そ、そうです。彰さまの硬いおち×ぽで激しくされると、史奈……。あはああ、か、感じてしまいますうううううっ」

媚熟女を辱める言葉が自然と口をつく。苛《いじ》めれば苛めるほど史奈は、色っぽく身悶えるから余計に辱めたくなる。

「ＴＶとかで史奈さんが演説するのを見ましたけど、全然別人のようですね。議員さんが、こんな淫乱でいいのですか？」

言いながら淫獣は、その肉棒を膣中で一段と膨れ上がらせる。まさに史奈の淫らさが、真面目な好青年であった彰をさらに淫らな男に変貌させたのだ。

「ふしだらな史奈さんには、こうしてやりましょう」

お仕置きとばかりに、双の乳房を再び鷲掴みにする。やわらかな美乳がひしゃげるほど揉みしだくのだ。

「あああっ、乳首が……」

若牡の指の隙間から、硬くしこった乳首が顔を覗かせる。ピンク色は硬く充血していた。

「こんなにいやらしく乳首を勃起させて。何を望んでいるのか、丸わかりです」

激しい抽送を繰り返しながら、彰は乳頭にむしゃぶりついた。

チューッと強く吸い立てると、史奈の顎が天を突き、淫ら極まりない歓喜の悲鳴と共に背中がぎゅんと反り返る。

「さっきよりも乳首、感度抜群じゃありませんか。本当の史奈さんは、どこもかしこも感じやすくできているのですね」

「あふぅ。そうです。だから、いっぱい愛してくださぃ」

強引なほど荒々しく扱われるのが、余程いいらしい。もっとして欲しいとばかりに乳頭の硬度が上がっていく。

「あああぁ、こんなに感じてしまうなんて……。史奈、おかしくなっちゃう。ほおおぉっ……恥をかいてしまいそうです」

ついに美人議員が兆していることを口にした。

烈しく女体を揺さぶられ、身も世もなく蹂躙され、それでも史奈の女体は、まるでこうされることを待ち望んでいたかのように、分泌される愛液を止めどなく溢れさせ、下腹部がぶつかり合う音に淫らな水音をシンクロさせている。

「ほらまた締まった。史奈さんのおま×こが、僕を放さないって言ってます……やっぱり淫乱ですね」

肉棒で媚肉を抉るたび、媚女は官能に喘ぎ、彰が腰を引けば逃がさないとばかりに膣襞が絡みつき、奥へ引きずりこもうと蠢く。

大きく張った雁首に粘膜を掻き毟《むし》られるのが堪らないとばかりに、狂ったようによがり乱れるのだ。

「す、すごいっ……気持ちいい、気持ちいいのぉ！　史奈のいやらしい姿を見て、幻滅なさらないでね……。あっ、ああっ……んんんんんんッ！」

いつの間にか、ふたりはがっしりと両手を繋いでいる。その掌は二人の手汗でしっとりと湿ったが、それすらも心地よかった。

「幻滅なんてするはずありません。史奈さんは、きれいです。それに、こんないやらしい姿……っ！　もっと夢中になってしまいますよっ！」

絡めあった指が、力強く食い込む。その疼痛すら快感を生む。猥褻な水音と共に魅惑の媚肉の中へ、ひたすら杭を打ち込み続ける。

「はああんっ！　史奈の乱れる姿……もっともっと、ご覧になって！」

二人の気持ちの昂りにあわせて、史奈の腰遣いも熾烈を極めた。焼けただれるような摩擦の快楽電流が、脳みそをかき乱す。恥肉の最奥はトロトロの蜜で溢れていた。彼女の全身から発情のエキスが立ち上るのが、見える気がする。

扇情的な史奈の乱れ様に、彰の射精欲が高まっていく。ヌチャ、クチュン、と粘っこい水音がさらにボリュームを上げる。

先に崩壊を迎えたのは、美人議員だった。

「ああ、ダメですっ。イクのっ……ああ、彰さま、史奈イクぅ～～っ！」

凶暴で鮮烈な喜悦が、史奈の女体を駆け抜けている。けれど、媚女の絶頂が、この性交の終わりではない。頂点を極めた女体になおも牡獣は、抜き挿しを繰り返すのだ。

即座に、史奈は二度目の大きな絶頂に見舞われたらしい。

「あんっ。ま、待ってください……。あぁ、ダメですっ……史奈、イッているの……あん、あっ、あぁっ……切ない……イってるおま×こ、突いちゃいやぁ……」

激しく深い絶頂に見舞われている最中も、牡獣は容赦なくストロークを打ち込み、そのたびに史奈を絶頂へと押し上げるのだ。

こんなことがあるのだろうかと、美人議員は目を見開いている。実際に、それを体感しながらも淫らな夢を見ているように感じているのだろう。

他愛もなくドクンッ、ドクンッと雫《しずく》の奔流を迸らせイキまくる史奈。にもかかわらず、未だ彰は放出を自重して、敢然とその兇器で媚熟女を貫いている。

「まだイケますよね。ほら、まだイキ足りないと、痛いほど僕のち×ぽを喰い締めていますよ！」

べろべろと乳房をしゃぶりながら彰は、ゆっくりと腰だけを引いていく。

「あっ、はぁ……。抜かれるのが切ないぃぃっ……」

また突き入れが来る。その予感に史奈が身構えるのが判った。それでいて期待に下腹部を甘く痺れさせていることも手に取るように判る。

貞淑にも熟れたカラダを眠らせてきたツケが回っているのだろう。やり場のない欲情と歓喜のうねりに、史奈は苦悶ともつかぬ表情を浮かべ、汗に濡れ光る貌を左右に振り乱している。

かつて史奈がマグロであったのは、充分な官能を得られなかったからに過ぎない。彼女を理性と羞恥のくびきから解《と》き放つには、それ相応の昂ぶりと官能の奔流が必要なのだ。

いまそれを彰が与えている。凶暴な亀頭で媚肉を掻き分け、貫き、奥を突き上げ、肉襞がめくれ返るほど掻き回し、捏ねて、凄まじい歓喜のうねりが史奈の五体に襲い掛かるように、甲斐甲斐しいまでに抜き差しを繰り返す。

「あううっ、はううっ」

高熱に浮かされているように、苦し気に呼吸を繰り返す史奈に、彰はまたしても顔を近づけた。

間近にある唇と唇。その間は五センチもない。その最後の距離を史奈が自ら頭を浮き上がらせて朱唇を押し付けてくる。それを待っていたように彰は、人妻議員の舌を吸い付けた。

「ふむん。ぬふん。ふむむむっ」

熱い呻きと共に、史奈の腕が彰の首筋に回され、震い付いてくる。

あまりにも情熱的であり、烈しい口づけ。舌と舌を貪りあい、溶け合うバターのように絡み合わせる。

胎内に埋めたままの勃起を歓喜と興奮に任せ断かせる。

その逞しさ、雄々しさに史奈は屈したのだ。身も心も支配してしまうほどの甘美さと卑猥さで、彰は美人議員を堕としたのだ。

この妖艶なまでに美しい熟女を、これからも犯し続ける権利を彰は得たのだと確信した。

史奈もまた同様の甘美な倒錯に心まで浸《つ》かっていることは、その蕩けた表情からも明白だ。その美貌をうっとりと眺めながら、彰はまたしても深いストロークを再開させた。

「ぐおおおっ……ふ、史奈さんのエロま×こ最高ですっ！　と、溶けちゃいます。僕のち×ぽが溶けるッ！　もうダメです。もう射精《で》そうです!!」

ようやく彰にも終わりが兆した。さしもの絶倫も、制御不能に陥《おちい》っている。

全てのテクニックを忘れ、牡獣は荒腰を使いはじめた。

切っ先から付け根まで余すところなく擦りつけ、烈しい抜き挿しを繰り返す。

「そんなに激しく突かれたら、子宮が、し、子宮が痺れちゃううッ!!　ああ、ダメです。史奈、またイクッ！　イクぅううぅぅ〜〜っ！」

美人議員が泣きじゃくるようにイキ貌を大きく左右に揺すった。同時に、自らも媚尻をくねくねとのたうたせ、彰の精を搾り取ろうと、膣襞をヌチュヌチュと蠢かせるのだ。しかも、むぎゅりと締まりのいい膣肉でエラ首周りを食い締めてくる。

「ぐわあぁっ。す、凄いです……。具合がいいにもほどがあります！」

一気に余命を奪われた彰は、その裸身の熱く潤った中心部へ、ひたすら己が劣情を満たすためだけに肉塊を打ち込んだ。

「僕の精液を史奈さんの牝孔にたっぷりと注ぎますから一滴残らず呑み干してくださ

いね！」

史奈の尻たぶを抱え込むようにして、潤うぬかるみに肉棒を鋭く叩き付けた。

「きゃううぅっ！　史奈、またイッちゃう！　イク、イク、イクぅぅ〜〜っ!!」

激しく美貌を打ち振り、頰を陶然と染め上げ、史奈が立膝にした両脚で彰の胴を挟み込み、同時に夥しい雫を浴びせかけながら勃起を締めつけ、全身全霊で官能の悦びを嚙みしめている。

「ぐおおおおぉっ。なんて淫らな腰振り！　おま×この締まりも今日一に凄いです。ぐはあぁ射精《で》ますよっ、もう射精《で》るぅっ！　ぐっ、ぐわあああぁ〜〜っ！」

亀頭の先端に子宮口の窪みを捕らえ、まるで胎内で破裂させるように導火線に火をつける。

刹那に、びゅびゅっ、ぶびゅびゅびゅびゅびゅっと、凄まじい吐精がはじまる。

「きゃうううぅっ！」

バチンと子宮口に初弾を命中させると、ぶるぶるぶるっと悩ましく女体が震えた。

胎内が粘度の高い精液でいっぱいになるのを、彰と史奈、二人同時に知覚した。

「うぅ……イクぅっ。あぁ、イクのが止まりません……。史奈、身も心も彰さま好みの牝に変えられることを歓んでいるのですね……」

オーガズムの波に攫《さら》われながら史奈は多幸感に包まれている。白い喉を晒し、女体をグッとのけ反らせ動きを止めた。

凄まじい高さにまで打ち上げられた分、空白の時間も長いらしい。しなやかな女体で描いた美しいアーチをようやく解いた媚熟女は、ドスンと腰をベッドに落し、ドッと汗を噴き上げた。

薄紅色の余韻に包まれた史奈は、わななきながらも恍惚に酔い痴れていた。

終章

1

「梨々花さん、すごいでしょう……。僕のち×ぽ、史奈さんのいやらしいおツユで、こんなにびしょ濡れです。ほら、見えますか？」

「ああ、いやあ。梨々花さんにまで恥ずかしいこと報告しないでください。こんなになっているのは、本当に気持ちがいいからで、彰さまの大きなおち×ちんのせいです」

史奈が、その美ボディをエロティックに揺らし、騎乗位で肉棒を味わっている。彰もまた、梨々花の存在を意識しつつ、美人議員の淫らな嬌態に魅入られている。

もうすぐ定例の議会がはじまり、多忙となる史奈を慮《おもんぱか》り、メンバーの顔合わせの会を梨々花が催《もよお》したのだ。

けれど、和香は突然の出張が入り都合がつかなくなり、柚希は店が終わり次第合流する予定だから夜遅くになるはずだ。

「せっかく史奈さんが、午後からの予定を全て開けてくれたのに……」

そう気を揉む彰をよそに、当の史奈は、むしろ昼日中から梨々花とふたりだけで彰を独占できると喜んでいる。

実際、昼食もそこそこに、性宴ははじまった。それも梨々花の家の居間で、性急にはじめてしまったのだ。

「ええ、見ているわよ。史奈さんに、こんなに喜んでもらえて、私もうれしいわ」

「ああっ、梨々花さん、やっぱり見ていらっしゃるのですね……。でも、本当に彰さまは、すごいのです」

史奈に限らず、他の美熟女たちも含め、梨々花がどう口説いたのか知らない。ただ、その断片を寝物語に、こっそり聞かせてくれたことがある。

「もう恋なんてカラダのどこでするのかも、とうに忘れてしまいました」

そう否定する美人議員に梨々花は、おんなとしての悦びを諦めるべきではないと諭《さと》したそうだ。

「おんなが快感を求めることは、恥ずかしいことではないのですよ。もっと大らかに性を愉しまなくては……。第一、セックスはおんなを美しくするわ。濃密に愛しあった翌日のお肌の調子は最高ですもの」

セックスによる女性ホルモンの活性化やストレスの発散は、科学的にも証明されている。

けれど、梨々花のセックスの薦めは、美容に関わることばかりではない。男と対等の関係を勝ち取るためにも、セックスを極める必要があると言うのだ。

むろん、セックスで男を支配するためではない。けれど、男の顔色をうかがい、男にすがるようなおんなにならないためには、ある意味一番弱いところを曝け出すセックスから対等の関係を築く必要があるというのが梨々花の持論なのだ。

年若の彰には、あまりピンとこない説だが、三十路を迎えた女性たちには、かなりの共感を呼ぶらしい。

いずれにしても、梨々花が彰にその一端を明かしてくれたのは伊達ではない。未亡人には、彰を悦ばせ屋としてしっかりと育てる義務があると、考えている節があるからだ。

「覚えておいてね。おんなは一度覚えた甘い蜜を絶対に忘れないものなの。特に性的な悦びは、カラダ全体で覚える最たるものなの……。肌と肌の温もり。唇のやわらかさ。膣に精子を浴びる満足感。おんなはこの甘さを味わうためならどんないやらしいことでもするわ。どんなに恥ずかしくても、はしたないと身を焦がしても」

我が身を教材に、おんなの業の深さまで教えてくれる梨々花。彰を本物の男に、おんなから愛される価値のある男に、生まれ変わらせようとしてくれる。

和香や柚希、史奈と、社会的に地位も名誉もある女性たちに対し、彰を紹介する責任を負うつもりもあるのだろうが、それこそが未亡人の彰に対する献身的な愛の容《かたち》なのだ。

「それって梨々花先輩が、彰くんのことをとっても大切に思っている裏返しでもあるのだからね。ちゃんと判ってあげてね」

そう和香に念押しされるまでもなく、彰はそのことを痛いほど自覚していた。

(愛しているよ。梨々花さん。ちゃんと僕が本物の男になるまで待っていてくださいね……！)

微熱を孕んだ視線を彰は壁際に立つ梨々花に送った。

壁にもたれかかった未亡人は、スカートの中に手をやり、恍惚の表情で自らを慰めていた。

未亡人が、うわ言のように呟く。

「ああっ、史奈さんも彰くんも、なんていやらしいの……。こんなのを見せつけられたら、私だって我慢なんてできなくなってしまう……っ」

壁にもたれる美麗な女体が、徐々に床に沈んでいく。

（あぁ、梨々花さんも史奈さんも、なんて艶っぽくて、エロいんだ……）

妖艶な熟女たちの痴態に、若牡の興奮はいや増すばかり。この分だと、柚希が到着するまで、何度も射精させられることになるだろう。

「彰さま、イキたくなったら、いつでも射精《だ》してくださいね、史奈の膣中に……」

美人議員が誘う通り、あっけなく吐精してしまいそうになっている。

尻肉を摑む手が、ぐっしょりと汗で濡れている。史奈が悶え、髪を振り乱すたび、香水や汗の匂いが、秘所から分泌する愛液の匂いと混ざりあい、えも言われぬ芳醇《ほうじゅん》な香りを生んでいる。

「すごくいい匂い。興奮でち×ぽが嘶いちゃいます……」

その言葉通り、美人議員を貫いたままの肉棒を雄々しいまでに嘶かせる。それほどまでに、妖しくも官能的な芳香なのだ。

「ああっ、ここにまで、濃厚ないやらしい香りが漂ってきます。これに精液の匂いが混ざりあったら……。あぁ、考えただけでも……あんっ、だめっ、興奮しちゃう！」

自慰に耽っていた未亡人が、ついに床にへたりこむ。扇情的に唇を半開きにして、視線は宙を泳がせている。梨々花の乱れる姿を目の当たりにし、彰のみならず、史奈も頂点に向けて加速する。

彰の腰の上で前後にスライドさせていた腰遣いが、お尻を持ち上げてしゃくるような上下動へと変化している。

「はっ、はう……ああ、はっ、はおおお……っ……！」

そそり立つ肉柱を根元まで女肉で包み込んでは、高く媚尻を持ち上げて一際《きわ》大きな声を上げる。昂ぶった彰も、その腰つきに合わせるように腰を突き上げた。

「はうぅぅっ！　ダメです。動くの、ダメぇっ！　史奈が、史奈が動きますからぁ……ほふっ、おうっ、うっ、ううン！」

苦し気な声で美人議員に制されてはしかたがない。彼女には彰に奉仕したい気持ちもあるのだろう。若牡の突き上げが止むと、それに満足したように頷き、またしても蜜腰を揺らしはじめる。

右手を彰の胸板の上に置き自らのカラダを支え、左手で自分の口を覆う。同性の梨々花に喘ぎ声を憚っているのだ。

「もうすっかり梨々花さんにも聞かれちゃっていますよ。僕は史奈さんの淫らな声が聴きたいです。だから遠慮せずにエロい喘ぎをいっぱい聞かせてください」

そう言って手をどかせるよう促すが、史奈は首を横に振って拒む。

「ダメです。恥ずかしい。もう、イッちゃいそうなのです。梨々花さんには、これ以上史奈のはしたない声を聴かれたくありません」

そのはしたない声が聞きたいのだと反論するより早く、史奈の腰の動きが一層大きく、速くなった。しかも、膣肉がキュキュウと締め付けてくるからたまらない。少しでも油断すると、すぐに搾り取られてしまいそうなほどの快感だった。

「はっ、あっ、ああっ……んうっ、か、硬い……おっきぃぃ……はあっ、ああっ、あああん！」

手で口を覆ってるせいで艶声がくぐもる。その点は不満だが、彰は別の魅力に気がついた。

(こうして口元を覆う史奈さん、凄く色っぽい……！)

淫らな喘ぎ声を押し殺そうと必死なのだろう。少し辛そうな表情、特に眉間に寄せられた皺《しわ》や、濡れた瞳がひと際色っぽい。また、隠された口元も、見えないからこそ妄想と劣情を掻き立てる。

「ひぃん！　彰さま、ダメです！　そんなにびくびくさせたら、史奈、史奈ぁ……ほおおおおおおおおおおっ！」

興奮によってまたしても断いた肉棒に、史奈が仰け反る。まるで見せつけるかの如く、容《かたち》のよい媚乳がぶるんと震え、ぽたぽたと熱い汗の雨を降らせている。急速に濃くなる牝フェロモンに、彰の怒張は痛いくらいに漲っていた。

「おおん、もうダメなのっ。史奈イッちゃいますっ！　おほおおお、イクっ、史奈、イクぅっ」

もはや技巧もなにもない。ひたすら尻肉が肉棒めがけ持ち上げられては落下するのを繰り返す。

「ああっ、イクっ、イクっ、イッ、クぅぅ〜〜っ！」

再び史奈の背中が激しく反り返った。勃起を呑み込んでいた膣道が激しく収縮する。

「うおおおっ、史奈さんのおま×こが暴れている……」

肉孔そのものが、のたうっては擦り付け、喰い締めては緩められ、暴れているとしか表現のしようがない。既に、喘ぎ声を憚る余裕も失って史奈がイキ乱れている。

「おおんっ、すごいのぉ。ああっ、感じる。感じちゃう……。気持ちよすぎて、何度もイッちゃうのぉ〜〜っ！」

ついには、いつもの敬語さえ忘れて、イキ狂う美人議員。浅ましいまでに淫らなイキ様なのに、けれど、やはり史奈は凄絶に美しい。

強烈な連続絶頂が収まるまで、彰は史奈をぎゅっと抱きしめていた。

女体にぐったりと覆い被さられていても、スベスベの肌が心地よいばかりで全く苦にはならない。否。ヒクつく女陰に埋め込んだままの肉棒が、もどかしくも焦れるのだけが、苦と言えば苦だろう。けれど、それも史奈のしあわせそうな蕩けた表情を見つめていれば気が紛れた。

2

「お待たせしました。今度は梨々花さんの番です。でもね……」

ようやく史奈が彰の上を退いたころには、肉棒が早く射精《だ》させろと、やるせない訴えを繰り返している。

やせ我慢せずに史奈の膣中で射精しておけばよかったと後悔しても後の祭り。これでは、未亡人の膣中に潜り込んだ途端、暴発しかねない。

それほど梨々花の女陰の具合のよさが、彰には痛いほど身に沁みている。

「彰くん。構わないわよ。射精《だ》したいのでしょう？　私も、自分で慰めていたから、すぐにイッてしまいそう。だから、んふぅ……っ！」

頂戴《ちょうだい》と続くはずの言葉を、彰は床から上体だけを起こし、その唇に口づけして遮った。

未亡人の鋭いお見立て通り、一刻も早く、彼女の女陰に埋めたくて仕方がない。それを察した梨々花が、そのスカートの裾を自らたくし上げ、彰の腰の上に躊躇いなく跨がってきた。

未だ梨々花はブラウスやスカートを身に着けているが、既にパンティは脱ぎ捨てられている。

「いっぱい見せつけられたから、梨々花のおま×こ、火がついていて、もうこんななのっ」

彰の肩に右手を置き、反対側の手で剛直を起こし、己の秘口へと導く。男に跨がる経験をこの未亡人は何度も重ねてきたであろうか。慣れた動きに映らなくもない。けれど、彰は知っている。夫との死別から三年のブランクのあった彼女なのだ。彰とさえ出会わなければ、その空閨《くうけい》はもっと長く続いていたかも知れないほど、実は梨々花は身持ちの堅いおんなであることを。

それを耳打ちしてくれたのは、柚希であっただろうか。

世が世であれば、お姫様であったかもしれないほど、結城家は高い家柄らしい。ちなみに夫は、結城家の婿養子であったそうだ。

梨々花の人となりも相まって、名家のお姫様だからこそ、柚希や史奈といった一流の女性たちとも知り合いであり、信頼も得られているのだ。

「あんまり見ないで。恥ずかしいのだから……」

珍しく梨々花が本気で羞じらってるのは間違いなかった。やはり、史奈の存在が、本来の乙女な部分を呼び起こすのか。

なのに、梨々花は必要以上に股を開き、彰が最も見たい場所を晒してくれる。いつもそうだ。この未亡人は、どんな時も彰ファーストを変えようとしない。

（ああっ、梨々花さんのま×こ、丸見えだっ。ひくひくしてて、やっぱエロいなあ！）

漆黒の手入れの行き届いた陰毛も、色鮮やかにピンク色に濡れた秘貝も、物欲しげに蠢く小さな媚孔も、その全てが淫靡であり美しい。見ているだけで、脳内で射精がはじまるほど卑猥な眺めなのだ。

「挿《い》れちゃう、から……あぁ……ダメなのに……。史奈さんの目の前で、こんないやらしいこと、ああ、でも……あっ、あっ……ン……んンッ……くっ、ふっ……くあぁ……！」

鈴口が狭い窪みに嵌まると、未亡人はゆっくり、ゆっくり腰を落とした。その遅い動きは焦れったくもあったが、その分、彼女の媚粘膜をじっくりと味わえる。恐らくは、梨々花もそれと意識しての事だろう。

「ぐわああ。挿入《はい》る。僕のち×ぽ、また梨々花さんのま×この中に……！　ああ、梨々花さぁん!!」

よほど梨々花も欲情していたのであろう。その蜜壺は、いつも以上に淫らに潤っている。その癖、締め付けがきつく、幾分体温も史奈より高いせいか情熱的にも感じられた。

慌てて奥歯をぐっと嚙み締め、込み上げる射精感を辛うじてやり過ごす。

「ぐふうぅ。おおおぉ……っ」

懸命に、喉奥に咆哮を呑み込む彰。そんな牡獣のやせ我慢などお構いなしに、さらに牝腰が沈んでいく。

亀頭の一番太い部分が潜ったあとは、早かった。ぐちゅんっ、とぬかるみに埋まった剛直が、気がつくと対面座位の蜜壺に付け根まで飲み込まれている。

「ああん。彰さまって、そんないやらしい貌をするのですね。梨々花さんのおま×こ、そんなに気持ちがいいのですか？　ちょっと妬《や》けちゃいます」

　気だるそうに絶頂の余韻に浸っていた史奈が、彰の表情を目敏く見つけ、可愛い悋気を漏らした。いつもの澄ましたような美人議員の面影などまるでない。

「そうですよね。梨々花さんって、おっぱいとかも大きいし、肉付きもエロティックで、おんなの私から見ても興奮してしまうほどですもの……」

　いいながらゆっくりと女体を起こした史奈が、未だ未亡人のカラダに残されていた衣服を脱がしはじめる。

「ああ、史奈さん。何をするのですか？　やめてください」

　ブラウスのボタンを手早く外す史奈に、梨々花はひどく狼狽している。

　どうしていいか本気で当惑しているようだ。

　史奈をメンバーに選んだのは梨々花だし、今日こうして彼女を招いたのも未亡人だ。

　それも、淫らな会となることを梨々花も承知のはずなのだ。

　けれど、こんな展開は、さしもの未亡人も予測していなかったのであろう。

「だってセックスには、これって邪魔じゃないですか……。史奈も裸なのですから梨々花さんも脱がなくちゃ……。彰さまもそれを望んでいますよね」

　突然、振られた彰も正直に頷くしかない。

「ほら。彰さまも、梨々花さんに脱いで欲しいそうです……。うわぁ、やっぱりおっぱい、大きい！　それに、ああん、こんなに綺麗だなんて」

あっという間に梨々花のブラウスを剝き取り、ブラジャーも外してしまった史奈は、そのやわらかい乳肌を未亡人の背後から掬《すく》い取った。

「あっ！　ダメです。史奈さん。そんなことしないでください!!」

いよいよ狼狽する梨々花の乳房を、史奈の掌がゆったりと揉みしだく。やわらかな肉房に美人議員の指先が、艶めかしく沈み込んだ。

小さな史奈の掌では、文字通り手に余る乳房。行き場を失った乳肉が、ほっそりした指と指の間から、ぷにっとひり出されている。

「あっ、ああ、ダメです。史奈さん。やめて。おっぱい切ないの……。んふぅ、いやです。乳首もしないでください」

ダメと抗いながらも、梨々花の美貌が艶っぽく紅潮していく。同性に乳房を弄ばれる禁忌に、いつも以上に女体を火照らせているのだ。

ただでさえ自慰により高められた性感に、女陰には巨根を咥え込んでいる。いつもと違うシチュエーションも相まって、他愛もなく未亡人は官能の坩堝に墜とされていくのだ。

「いつもは、お姉さんぶって澄ましている梨々花さんでも、こんな風に狼狽えることがあるのですね。ここも弄《いじ》られたらどうなるのでしょう……」

興奮の色を微笑に載せた史奈が、乳房を捕らえていた右手を下方にずらしていく。

「あっ、ダメです。そんなところ。史奈さん。許して……」

美人議員の狙いを察知した未亡人が慌てて腰を泳がせる。けれど、彰に尻たぶをがっちりと抱え込まれている上に、背後には史奈が陣取り壁になっているため、梨々花に逃げ場などない。

細い腰部に回された掌が、未亡人の下腹部をまさぐる。繊細な陰毛を弄んだあと、伸ばされた中指の先が、梨々花の充血した牝芯にあてがわれた。

「ほおおおおおぉっ。だ、ダメぇっ。ああイヤです。史奈さんっ！　あぁぁ、あはあああああぁっ」

逃れようのない快感電流を浴び、梨々花が天を仰いで甲高く啼いた。

むろん、そんな梨々花を今まで彰も目にしたことがない。

まるで未亡人を二人して犯しているような気分に襲われ、彰の獣欲はさらに一段ボルテージを上げた。

「あはああぁっ……。彰くんまで、やめてぇっ。いま動かれたりしたら、梨々花イッてしまうわ」

厳密に言えば動いているのは彰の方ではない。抱きかかえた梨々花の美尻を彰が引き付けては引き離し、未亡人の方を動かしているのだ。

「それが、ダメなのです。もう僕にも留められません。梨々花さんが、エロ過ぎて、やめられないのです！」

正直に打ち明ける彰の唇を、梨々花の肩越しに史奈の朱唇が塞いだ。

やわらかな舌が彰の口腔に侵入して、ベロとベロの交わりを求められる。

ぽってりとした官能的な唇の感触にも煽られ、彰の抽送はスピードを増した。

「あん、あはぁ、は、激しい。もうダメっ。梨々花、恥をかきそう……あっ、あっ、ああん」

官能に溺れた未亡人の細腕が、彰の首筋にむしゃぶりついてくる。

史奈のツルスベの卵肌とはまた違ったマシュマロのようなやわらかさとしっとり感に満ち溢れたトロ肌が、彰を包み込むように擦りあわされる。

史奈の情熱的な口づけにもほだされ、彰の射精衝動が限界を迎えた。

(梨々花さん、射精《イ》くよ。梨々花さんの膣中に射精《だ》すからね！)

声にならない叫びを「むほほおお」と史奈の口腔に吐しながら、彰は戒めていた引鉄を一気に引いた。

「彰くん、射精《だ》すのね。射精《だ》して……。梨々花のおま×こにいっぱい射精《だ》してぇ……。

あはぁ、イクわ。梨々花も一緒にイクぅぅぅっ！」

肉傘がぶわっと開いたことを女陰で察知した未亡人が、早くとばかりに締め付けてくる。

極上の具合のよさに絞り出されるように、熱い初弾を発射させた。

「ムムムぅっ！」と奇声を史奈の口腔に響かせて、二発、三発と吐精する。

「きゃうううぅっ！」

怒涛の白濁液に子宮口を焼かれた未亡人が、ビクビクビクンと淫らにイキ痙攣を繰り返す。

首筋にむしゃぶりついていた細腕にさらに力が籠められ、彰は窒息しそうな息苦しさの中、さらなる射精発作を繰り返した。

「おうううっ。おほおおお。凄い。ねえ、凄いの。梨々花の子宮、精子で溺れちゃいそう……。ああ、熱いわ。熱すぎて、またイッちゃううううう〜〜っ！」

より孕みやすいように降りてきた子宮に、夥しい熱い牡汁を浴びたお陰で、牝の悦びがさらなる絶頂を呼んだらしい。

まるで未亡人のカラダの芯が揺れているような、断続的な激しい痙攣が起きている。

「ああん、すごいわ。梨々花さん、なんてしあわせそうにイクの……。ねえ、彰さま。史奈も梨々花さんみたいにイキたいです。熱い精子もおま×こに欲しいなあ。孕まされても構いませんから、お情けを史奈にもくださいませ」

コケティッシュにおねだりする史奈。これが本来の彼女の地金なのだろう。

「はい。僕の精子でよければ、いくらでも……。ほら、史奈さんにも注ぎたいと、僕のち×ぽは、もうこんなです」

いつもなら梨々花の女陰で抜かずの三発を決めるはずの肉塊をずるずると引き抜き、雄々しくその場に立ち上がる彰。すかさず史奈がその肉棒をきれいにしようと口腔に咥えてくれる。

噎せ返るほど熱を帯びた彰の情熱が、美熟牝達の発情を促していくのだ。

梨々花、和香、柚希、史奈。彰をシェアする四人の美熟女。

上手く説明できないのだが、四人共に何かにつけ美しくもあり、いかがわしくもあり、抗うこともできないほど他愛もなくグッときてしまう。

しかも、彼女たちはいまや彰にぞっこんであり、守護女神のようにやさしくしてくれる。教えられ、守られ、世話され、癒してもくれる。

そんな美熟女たちに彰がしてやれることなど、ほとんど何もないように思える。

（懸命に尽くして、悦ばせてあげることができたなら……。でも、結局それは僕にとってもしあわせだよな……）

桜の季節にはじまったこの新生活。けれど、本当の意味での新生活がはじまるのは、これからかもしれない。

いつの間にか、辺りは暗くなり夜のとばりが落ちている。

もうすぐ柚希もやってくる。

（柚希さんが来たら、三人を四つん這いに並べて順に犯してみようか……。三人にオナニーしてもらうのもいいなあ……）

妄想を逞しくしているうちに、またぞろ彰の分身は息を吹き返す。

梨々花と史奈の美しい面差しが、薄暗い照明の中でも輝くばかりに映えていた。

（了）

※本作品はフィクションです。作品内に登場する
団体、人物、地域等は実在のものとは関係ありません。

熟《う》れ肉《にく》のとりこ生活《せいかつ》

〈書き下ろし長編官能小説〉
2023年3月20日初版第一刷発行

著者……………………………………………北條拓人

デザイン………………………………………小林厚二

発行人…………………………………………後藤明信
発行所………………………………株式会社竹書房
〒102-0075 東京都千代田区三番町8-1
三番町東急ビル6F
email：info@takeshobo.co.jp
竹書房ホームページ http://www.takeshobo.co.jp
印刷所…………………………中央精版印刷株式会社

■定価はカバーに表示してあります。
■落丁・乱丁があった場合は、furyo@takeshobo.co.jp までメールにて
お問い合わせください。